Ecce Bellator
Artha

Louise Eugène

A Ron Asheton, à Scott Asheton, à Futoshi Abe, à John Simon Ritchie, …

Le premier jet s'est fait dans le silence. Les seuls sons étaient ceux qui résonnaient encore dans ma tête. La recopie s'est faite dans le fracas d'une bande son délibérément garage-punk-rock (puisqu'il faut donner un nom). Ce qui a manifestement influé sur le style final. Ou pas.

Toujours en autoédition, malgré tout le soin que je cherche à apporter, des imperfections m'échappent encore qui pourront vous heurter. En toute honnêteté, ce n'est toujours pas là que je souhaite vous heurter.

C'était étrange…
*D'après un serveur au sujet d'un diner entre David Bowie,
Lou Reed et Iggy Pop - Légende*

Enfin je vais mourir. Enfin je vais quitter ce monde absurde. Enfin je vais en finir avec ce cirque grotesque. Enfin je vais en finir avec ce non-sens. En finir avec les injonctions d'en trouver un, de sens. La nécessité impérieuse de chercher un sens. Le faire pour ne pas que tout s'effondre. Connerie ! j'ai réussi à arriver jusque-là sans m'effondrer. Et sans trouver aucun sens à cette merde. A ma vie en particulier. Putain, mais je n'en sais rien de mon effondrement ou non. Je crois seulement avoir avancé la tête haute, en essayant de trouver un horizon où planter mon regard. Aïe…

J'espérais. J'attendais en fait. Mourir rapidement d'une maladie ou d'un truc à la con. Un truc qui ne ferait pas vraiment souffrir. Un truc qu'on appellerait fatalité. Un truc qui éveillerait à la fois la compassion et le dégoût chez mes congénères. Genre la rupture d'anévrisme instantanée. J'espérais cela. Mais non, pas pour moi. C'est un truc bien plus costaud avec lequel je devais finir. Un alcool bien plus fort qui me brûle la trachée pour terminer. Un truc qui à l'inverse me fait me sentir en vie une dernière fois. Putain de paradoxe à la con. Ouch…

Cette espèce de toux rauque qui me brûle encore. Je ne comprends pas bien ce qui peut me brûler comme ça. La bile peut-être ? un peu d'acide remontant de mon estomac… et qui se mélange à mon sang. Ou alors de l'acide que mes poumons exhalent désespérément. Pour rechercher encore un peu d'oxygène. Ou une partie de mon corps qui tente de me signaler la présence de quelque chose qui ne devrait pas y être…

Arrêtez ! arrêtez les gars, j'en veux plus moi de cet oxygène. Pourquoi vous vous entêtez. Laissez tomber. Je rends les armes. Je ne veux plus combattre et défier la mort. C'était juste un truc pour quand je pouvais encore me tenir debout. Tant qu'à être en vie, autant l'être à ma façon. A la façon que je me choisis. Moi et personne d'autre. Tel ce guerrier indien. Nu sur son cheval, avec sa bête petite lance au pas devant le peloton de cavalerie harnaché au complet, en les invectivant, en leur hurlant qu'il n'avait pas peur de la mort. Et en les menaçant de sa toute petite stupide pointe de métal fixée au bout d'un minuscule frêle débile morceau de bois. Qu'il a l'air con. Qu'il a l'air beau. Qu'est-ce que j'ai pu essayer de lui ressembler.

Putain de poumons qui me brûlent aussi.

Ah ! conne de vielle carcasse qui résiste encore, qui ne veut toujours pas m'obéir. Je n'ai jamais réussi à lui faire faire ce que j'aurai aimé. Qu'elle fasse un joli dessin. Une sculpture mignonne. Ou toute autre connerie adorable qu'on aimerait offrir. Y'a des fois où ça partait bien. Le commencement était prometteur. J'arrivais à voir le résultat que j'attendais. Et puis tout partait en couille à force de trop regarder et ça finissait en n'importe quoi. Les phalanges qui voulaient se bloquer. Le poignet qui voulait se raidir. La cheville qui partait dans un sens que je ne lui demandais pas et tout ce foutu corps qui se dégingandait et me flanquait par terre dans une putain de flaque où il ne fallait pas tomber. Ahhh ! tu vas me faire chier jusqu'au bout ! Alors maintenant que je t'ordonne de t'arrêter, de stopper toutes fonctions vitales, tu continues contre ma volonté ! Chierie…

Je t'ai pourtant donné autant de plaisir que tu pouvais en prendre. Dès que je te lâchais, dès que je laissais ces grandes tiges, ces grands battoirs s'agiter dans l'air pour cogner et pour estiver. Dès que je montais sur un tatami, comme ce soir, tu t'es éclatée à tout exploser. Même ma foutue gueule. Dès que tu trouvais un partenaire, une partenaire, sur un tatami à combattre de toutes les formes possibles, ou en dehors pour jouir de toutes les façons, même celles non envisageables. Je t'ai nourrie, je t'ai entraînée, je t'ai fait pratiquer, je t'ai pansée, je t'ai soignée, je t'ai ointe, je t'ai développée, je t'ai fait grandir, je t'ai éduquée, je crois que je t'ai même aimée, parfois, en m'oubliant dans tes bras, en te ressentant, des fois même en te regardant… Et tu viens encore me faire chier à ne pas me laisser partir comme je t'en supplie ? T'es vraiment qu'une espèce de grande connasse, salope !

Mais toi aussi t'est foutue, c'est certain. Ce n'est pas toi, pas les soubresauts de ce tas d'abas qui va arrêter le processus maintenant. Ce ne sont pas ces maudits poumons qui veulent encore recracher ce sang chargé de bile en faisant des bulles visqueuses qui sortent de ma bouche et explosent sur la surface péguante de cette flaque de sang devenue noirâtre où je me vautre et que mon nez et ma bouche inspirent à nouveau presqu'aussitôt sorties, à peine quelques toussotements plus tard, pour les renvoyer vers mes poumons récalcitrants et les étouffer. Ce ne sont pas ces amas de mou qui vont m'empêcher d'en finir. Et j'inspirerai tout cette saleté de sang séché jusqu'à en crever pour de bon s'il le faut !

Quarante ans que j'attends désespérément ce moment… et plus trente ans que j'en ai conscience. J'ai la conviction qu'à peine le sperme de mon père mélangé au foutre de ma mère je voulais déjà que ça s'arrête. C'est sûr que je ne voulais pas venir ! Saloperie de progrès médical. Ils ont réussi à me faire sortir… Et déjà ces cons de poumons ont tout fait pour m'empêcher d'en finir. Je sais que j'ai crié. De toutes mes forces. De toute ma rage. De tout mon désespoir. Déjà. Parce que je savais que c'était con de venir, con de rester, con de ne pas repartir tout de suite. Et encore là…

Rhâââ… La douleur est bien là, mais putain, j'en ai plus rien à foutre ! Je la sens à peine. Elle ne fait déjà plus partie de moi. Ce n'est plus qu'une bête secousse qui m'interrompt dans la lente descente vers le rien, vers le néant, vers la fin de cette petite voix qui fait tout ce vacarme dans ma tête depuis tout ce temps.

Conne de voix qui ne se tait jamais. Intellect à la noix qui veut toujours tout analyser. T'as pas arrêté de compter. Dès le départ je suis sûr que t'as compté le nombre de secondes avant que je pousse mon premier cri. T'avais déjà dû compter le nombre de solutions qui se présentaient, leurs avantages, leurs inconvénients, leurs chances de réussite et déjà t'as commencé à causer dans ma tête. Et puis comment obtenir quoi de qui, comment s'y prendre, comment utiliser ce pauvre corps pour arriver à tes fins.

Comme tu t'es éclatée quand je t'ai présenté ton premier ordinateur, tes premières lignes de code, tes premiers piratages, tes premiers algorithmes… Le tout logos. Qui t'apportait presque des émotions, à toi, machine froide et sans éthique. Un objectif. Une solution meilleure que les autres. Même si elle était totalement contestable. Tu me la foutais dans la tête et la tournais en boucle. En rajoutant toujours cet argument moral foireux que j'en avais rien à foutre de ce monde. Que je voulais m'en barrer. Alors quoique je fasse, ça n'avait aucune importance. Surtout si le jugement de mes actes devait passer par les yeux des vainqueurs. Qu'ils aillent tous crever !

Combien de fois la mémoire des images de l'histoire passée t'a arrêtée au moment de me pousser dans l'ignoble ? Le souvenir de l'enfant que j'étais découvrant ces images iniques atrocement douloureuses brulant d'un flot continu de sang et de larmes. Enfant se faisant dépouiller en un instant de la douce chaleur de sa chrysalide d'innocence pour se cramer aussitôt à la lumière blafarde et cruelle de ce monde qui ne trouvait plus aucune place dans la logique. Qui perdait tout sens. Cette image-là de l'enfant est celle qui te fait prendre une autre voie pour me permettre d'avancer la tête haute et te faire pardonner de lui avoir infligé cela.

J'ai dû t'amener à d'autres lectures. Plus philosophiques. Pour conjuguer la science que je t'ai fait apprendre et la ramollir. Rester dans une condition humaine. Celle d'individu social. Oxymore débile. La rage devant les images des vainqueurs triomphants dans le sang et le feu. Cette rage fut ce qui t'a permis de me garder loin des vainqueurs et de m'éviter de me lacérer la gueule devant mon premier reflet devenu plus repoussant que celui de Dorian Gray. La ligne de crête. Garder toujours cette logique pour éviter que tu me jettes dans le premier gouffre qui s'ouvrait sous mes pieds. Atteindre l'objectif et continuer de supporter mon regard dans la glace. Pouvoir garder la tête droite. Pouvoir regarder n'importe qui en face. Droit dans les yeux. Sans ciller. Et pouvoir assumer et revendiquer. Signer chaque action. Et te permettre de brailler haut et fort que tu as toujours raison.

Arrête de causer, ferme-la pour une fois. Pour une ultime fois. N'essaie même pas de choisir tes derniers mots. Arrête de continuer à calculer le nombre de pas. La hauteur des escaliers. La force à mettre pour que cette saloperie de porte s'ouvre pour sortir de là comme si de rien n'était. Arrête, arrête, arrête ! Laisse-toi porter, laisse-toi flotter, y'a plus rien à faire. Les activités bio-chimico-électriques vont s'arrêter avec la pile. Elle cherche à pulser encore, mais déjà elle a du mal à tenir le rythme et déraille. A ce moment-là toi aussi tu t'arrêteras. Personne ne te verra. Ce n'est pas comme ce corps les fesses en l'air. Le torse plier sur les genoux coller au sol. Et la gueule enfoncée dans un cloaque. Quelle élégance pour tirer sa révérence. Grotesque jusqu'au bout !

Kof kof… même plus capable d'articuler et c'est foutrement bien ! Tu vas t'évanouir dans le silence et me laisser définitivement tranquille. Même si je me décorporais pour croire en des trucs insensés, je ne t'entendrais plus. Tu resteras muette à tout jamais.

Et merde, te voilà toi aussi… Esprit inexistant pour rêver un dernier voyage… L'invisible qui m'ouvre à mon imagination pour pousser des portes vers des réels en devenir. L'illumination devant être révélée et peut-être fixée. Le cœur de la vibration. Le voyage sans limite ni contrainte. Toi aussi tu veux t'y mettre et m'empêcher de partir. Ce siècle sera spirituel ou ne sera pas ? La nouvelle frontière ? Celle que tu m'as ouverte. Celle derrière laquelle j'ai erré sans but. Juste pour ne pas revenir dans ce monde triste et laid.

Toi aussi. J'ai cherché à te connaitre par tous les moyens possibles. Stupéfiants. Psychotropes. Alcools. Semaines sans sommeil. Sentiments extrêmes. Sensations extrêmes. Répétition du même mouvement. Résonnance avec le même son. Pousser le corps et l'intellect au-delà dans leurs dernières réserves. Tous mes états de conscience modifiés. Jusqu'à la transe. Tout pour oublier mon corps affreux et mon intellect orgueilleux. Je t'ai cherché. Et rien ne me prouve que tu existes pour de bon. Que tu ne sois pas juste une invention de ma parano. Pourtant dans l'intensité du combat sur le tatami, je sais que c'est toi qui mènes la danse. L'intellect est trop lent à imaginer ce que je dois faire. Et malgré toutes mes tentatives, je n'ai toujours pas d'yeux derrière la tête. Encore moins de ceux qui voit à l'avance.

Je vais te suivre et voir enfin si une fois la pile arrêtée, tu continueras à m'emporter. Et puis je te quitterai aussi, parce que je veux mourir vraiment. Je ne veux pas perdurer et continuer à vivre dans l'astral sans fin. Il n'y a rien qui fasse plus de sens là-bas. Si c'est pour mourir, ce n'est pas pour risquer de revenir dans un autre corps, avec un autre intellect, j'ai suffisamment payé, ça suffit.

Enfin je vais mourir. Enfin je vais quitter ce monde absurde. Enfin je vais en finir avec ce cirque grotesque.

Les premières notes d'archet des Soulsavers commencent à résonner à mes oreilles. Elles sont douces et graves. Légères et lourdes. Superficielles et profondes. Mélancoliques. Aussi absurdes que cette putain de vie. Que ce putain de monde.

Partir sur ce doux murmure. La mélancolie dans la mélancolie. Comme des larmes d'épuisement qui s'évanouissent dans une petite pluie fine[1]. Tout disparait. La pluie, les larmes. Tout se confond, tout se fond. Dans un noir intense… non, comment peut-il être intense le noir ? il est noir, c'est tout… Ta gueule, arrête de penser espèce de débile, arrête de réfléchir, fait taire cette voix merdique dans ton crâne. Ecoute les notes, c'est ça, arrête de respirer et écoute-les. Concentre-toi sur ces notes, elles vont t'emmener là où tu veux tant arriver depuis si longtemps. N'écoute plus qu'elles. Peut-être la voix de Mark Lanegan viendra tuer définitivement celle qui est dans ton crâne. Non ! il ne faut pas. Ça voudrait dire que tu as dépassé la limite. Que le violoncelle s'est tu. Et que la pulsation a redémarré. Non, reste sur les notes, n'entends qu'elles, n'écoute qu'elles. Elles vont t'aider à te bercer vers ton dernier sommeil, dernier ? Ta gueule ! c'est fini, reste sur les notes.

Ça y est, c'est beaucoup mieux. Ecoute-les. Ecoute leur beauté simple. Ça y est, c'est la fin. Enfin.

La fin de toute cette histoire à la con. Quand est-ce qu'elle a commencé cette histoire d'ailleurs ? Est-ce qu'elle a vraiment un début ? pourquoi cette image de moi, avec mon cuir et mes

---

[1] D'après Blade runner, film de Ridley Scott – 1982

boots marchant dans la nuit au milieu de ces ruelles à peine éclairées ?

J'aime la nuit. La lumière fade du jour blême me lance en pleine figure la laideur de ce monde. La nuit ne me montre que des interstices. Que des morceaux choisis.

La nuit me montre les contrastes de ces boulevards brillants comme des miroirs de bordel[2] et la pénombre à peine éclairée de ces ruelles où il n'y a personne.

Le sentiment de découvrir à chaque pas ce qui m'était caché au précédent. Oui la nuit est plus belle que ce jour qui lâche tout de manière crue et insignifiante.

Je suis dans cette ruelle. Je marche sans but précis. Les poings dans les poches. Comme à chaque nuit. Ou presque.

Je marche et j'entends le bruit d'un bâton qui frappe l'asphalte. Presqu'en cadence.

J'avance encore et le son se rapproche. Au détour de la rue suivante. Devant quelques panneaux d'affichage publique. A moins que ce ne soit un affichage sauvage ?

Une bande de skins colle ses slogans puants. Le chef de la meute tape le sol pour donner le tempo du collage.

Je ne regarde même pas le détail des messages débiles écrient à l'eau de chiasse qu'ils veulent lancer en gueulant à la face des étudiants de la fac de droit.

Ils sont dix. Ce ne serait pas un problème. Je n'ai pas envie. J'avance sans me faire remarquer.

Je ne les aime pas. Mais je n'ai aucune raison, à ce moment précis, d'aller leur dire que leur truc c'est de la merde bien gluante.

---

[2] Il mio nome è Nessumo (Mon nom est Personne), film de Tonino Valerii – 1973

Un peu plus loin. Sur un banc à l'orée d'un square. Deux amoureux se bécotent. Tellement cliché de le dire comme ça.

A croire que l'autre moustachu nous a foutu ça en tête pour les quatorze prochaines générations.

Et en fait, je ne sais pas s'ils sont amoureux. Ils ont des gestes d'amoureux. Et alors ?

Cela me ramène juste au fait que moi je n'ai personne à cet instant. Personne à embrasser. A toucher. A caresser.

Et je repense instantanément à elle. Au choix de la garder le plus loin possible de ma vie à la con.

Lui laisser la chance d'avoir une vraie histoire avec une personne qu'elle pourrait rencontrer avec qui elle pourrait rester et continuer.

Le choix de risquer de la perdre à tout jamais et de ne plus jamais pouvoir toucher son corps…

Je suis juste en manque. La nuit est faite pour moi. Pour des rencontres qui s'évaporent et perdent toute substance dès que le jour se pointe.

La nuit, il y a trop de choses qui brillent pour ne pas y aller voir. Lâcher la proie pour l'ombre ?

Pour une lumière. Même, et surtout éphémère. Oui. Je sais où je vais aller. Encore quelques rues à parcourir.

Plus loin encore je tombe sur une bande d'antifas. Plus chevelus. Pas moins d'uniforme.

Ils ont des affiches sous le bras. De quoi coller également. Pas de bâton pour la cadence. Un chef quand même.

Slogans différents. Même odeur au fond. Pas de racisme. Juste dire que certains sont incompatible avec la République.

Juste une phobie. Pas d'antisémitisme. Juste la défense des opprimés de Palestine à qui il faut rendre leur terre.

Ce ne sont pas des crachats vers une kipa. Ce sont des actes politiques de revendication pour la liberté.

Les mêmes conneries d'un bout à l'autre. Juste le discours pour faire croire, d'un bord l'autre, en la justesse, à défaut de justice.

Je passe encore mon chemin. Les poings toujours serrés dans mes poches. Plongeant dans le noir d'une nouvelle rue.

Laissant cette merde s'évanouir derrière moi et disparaitre comme si elle n'avait jamais existé.

J'arrive bientôt à destination. Le Rockstore est là. Sa voiture d'opérette étasunienne encastrée dans sa façade aussi.

Je salue machin à l'entrée qui me dit qu'il y a un peu de monde ce soir, mais que c'est encore calme.

Démarrons la chasse. Me voilà maintenant à l'intérieur de la nuit. Aveugle quelques instants.

Le temps de s'habituer à ce que tout soit estompé. A ce que le trompe-couillon fonctionne à fond. A ce que même les laids paraissent beaux.

A ce que tout ce qui est invivable dehors, de jour comme de nuit, devienne, dans cette pénombre savante, presque supportable.

Est-ce que finalement, ne rien voir et ne rien entendre, ou presque n'est pas la solution pour supporter ce monde à la con ?

Je reste un peu à l'arrière de la salle à observer. A analyser le terrain. Je cherche les têtes connues. Déjà rencontrées. Ou juste croisées

Celles à éviter. Celles à réessayer. Et toutes les têtes inconnues… La recherche de l'exceptionnel.

Pas ce soir. Plutôt commun. Je connais déjà l'exceptionnelle. Et elle n'est pas là. Et personne à sa hauteur.

Ce soir, pas de concert, juste le bruit de tchacaboum dont j'ai besoin pour me laver la tête à coup de kärcher.

Je prends mon temps. J'observe les mouvements Je suis les ondulations. Je me laisse couler dans le flot. Ressentir l'énergie qui monte de ce petit monde en communion.

Vu la fréquentation, je devrais quand même pouvoir m'amuser. C'est-à-dire que pendant les quelques instants qui viennent, je vais pouvoir me lâcher complètement.

Sortir de moi-même et accepter encore cette existence. J'aimerais détester mes parents pour ça. Pour m'avoir imposé ça.

Les coudes sur le bar. Je bois un peu d'alcool fort. Ou qui devrait être fort. Même le Jack à un goût d'eau et brule à peine.

A moins que je ne sois déjà totalement alcoolique… C'est la bonne heure, la salle se remplie. Toujours plus de têtes

L'atmosphère se charge de cette énergie sourde qui m'explose les tympans et renvoie mon équilibre déjà précaire à un vertige hallucinatoire et incertain.

Le son monte. Le mouvement s'intensifie. La masse trouve une alchimie compacte. Je vais pouvoir aller m'y frotter et lâcher les chevaux.

En même temps que j'avance en formant quelques gestes désarticulés à l'esthétique douteuse, le son punk-rock devient plus fort.

La fosse est déjà refermée. Le pogo a démarré. Je ne pense plus à rien et m'y jette corps et âme.

La pulsation a déjà pris possession de moi. Ma carcasse handicapée de son mètre quatre-vingt-dix et plus trouve un terrain à sa dimension.

Mes bras d'albatros font sauter les clous et s'agitent pour trouver le rythme saccadé d'usage.

Mes jambes se raidissent par instant pour battre dans l'air comme une paire de marteaux mécaniques. La tête est haute et frappe l'air d'avant en arrière.

Et puis les gestes retrouvent un peu de rondeur au moment de cogner dans le corps de ceux qui sont autour dans la même gigue que moi.

Je tourne sur moi-même en agitant les piquets qui me servent de membres. De grands coups d'épaule.

Ne pas refuser le contact. Le provoquer pour ne pas le subir. Même avec ces petits chiens fous qui sautent partout.

Plus rien n'existe que le son puissant dans mes oreilles. Que mon corps qui se bat contre l'univers entier.

Je peux enfin lui cogner sur la gueule à ce grand enculer qui veut encore me clouer au quotidien et m'empêcher de fermer les yeux une fois pour toute.

Tous les coups que je donne le sont contre lui. Et tous ces corps épaule contre épaule sont comme une grande mêlée serrée pour lui passer le même message

Et chercher à le renverser vainement. Laisse-nous crever connard !

Mon cœur s'accélère. Ma température augmente. Ma transpiration afflue. Je la sens couler dans mon dos. Le long de mes bras. Sur mes tempes. Dans ma nuque. Et sur mon front.

J'aime ce contact sous le cuir. J'aime cette bête qui peut enfin sortir. Lâche ton Hyde, Jechyll ! Laisse-le prendre le contrôle.

Toi qui ne veux plus lutter pour cette vie minable. Lui au moins s'amuse. Je dois avoir à peu près la même gueule immonde que lui.

Avec un faciès affreux et ce regard atrocement inquiétant. Je crois que tous ceux qui sont autour ont la même gueule.

Et là, dans ce bruit et cette obscurité, dans ce fracas, je nous trouve très beaux. Il n'y a rien à dire.

Juste croiser les regards. Echanger un léger rictus entendu pour savoir que nous communions à la même chose.

Dire à cette vie absurde qu'on l'emmerde et que la mort peut venir d'où elle veut. On l'attend avec impatience et on ne lui opposera aucune résistance.

Continuer encore à tourner sur moi comme les derviches en pleine transe. Lancer mes bras et mes jambes dans des directions que même la physique ne peut pas prévoir.

Continuer de laisser la bête en moi se nourrir de tous ceux et de toutes celles qui sont là. La laisser les dévorer entièrement.

Le stroboscope transporte la bataille vers une dimension encore plus fantastique.

Le monde environnant n'est qu'une série de flashs sans suite logique, qui disparaissent dans le néant immédiatement.

Une tête, un bras, une épaule se retrouvent à un endroit improbable le flash suivant. Ou totalement avalés par la foule.

Les têtes se détachent les unes des autres. Distinctement. Faciles à marquer pour les retrouver plus tard.

Je suis dans un espace totalement vide et vain. Les flashs sont aussi éphémères qu'inutiles.

Certains sont terriblement laids et retournent sans effort dans le noir absolu. D'autres sont contre toute attente d'une beauté troublante et s'évanouissent avec aussi peu d'efforts que les autres.

Et la majorité n'a aucun intérêt et se répètent sans fin malgré leur disparition éphémère.

Et un semblant de calme revient. La bête se rentre. Laissant juste la trace d'un bout de son doigt griffu au milieu de la sueur qui me coule dans le dos.

Comme un petit frisson. Les bras retombent comme les ailes du même albatros idiot qui se retrouve sur le même pont de ce même navire, emplit d'humains.

Les pieds restent fixés au sol. Le corps continue de chercher un mouvement qui ne vient pas. Et reste une espèce d'ondulation.

Je sens la présence autour de moi des visages que j'ai marqués. L'envie encore plus forte de faire disparaître cette trace dans mon dos en le frottant contre leur peau.

Et je continue encore à laisser mon corps onduler et s'épuiser. Je le laisse s'assommer.

Je le laisse me retenir encore un peu. Encore un petit peu avant de le sentir se raidir. Se redresser. Et reprendre une marche décidée.

Vers un lieu qui puera la vie à devoir supporter encore et encore. Avant cela, j'attrape le regard du visage qui peut me suivre.

Qui peut vouloir me retenir encore un peu plus longtemps. Je le laisse se poser la question

Me rejoindre au bar et aller plus loin. Ou me laisser passer. Encore quelques instants et ce visage me suivra.

Je suis au comptoir et j'attends que le visage approche enfin. J'attends et je bois.

Je bois pour que la petite voix timorée dans ma tête laisse le champ à celle prête à tous les excès.

Faire taire cette conne de censure. Elle qui me renvoie sans cesse cette image de pantin de bois. Raide. Qui essaie désespérément de trouver un geste esthétique.

Un geste qui ressemble à quelque chose d'autre qu'à deux bâtons à peine articulés.

Qui bougent en claquant à chaque fois qu'ils se plient ou se déplient. C'est un instrument étrange pour arpenter la vie. Trop rigide. Et disharmonieux.

La censure à refait surface tout à l'heure et le pantin c'est raidi. Droit au milieu de la foule qui chaloupait.

Une tête au-dessus de celles qui ondulaient soyeusement. Je n'étais plus à ma place.

Je n'avais plus rien à faire dans ce flot et devait m'en extraire. Je n'ai pas ma place parmi eux.

Je ne suis qu'une espèce de monstre. Un *bakemono*. Perdu au milieu de tous ces corps qui veulent s'amuser.

Je n'ai rien à faire parmi eux. Et presque automatiquement, retour de la voix craintive. Mes pieds se soulèvent de terre et me conduisent hors de la vue de tous.

Quand le monstre assumé sait accrocher un regard et paraître séduisant, malgré la difformité ; sait attirer à lui des corps si plaisants d'un simple sourire carnassier, d'un simple regard enjôleur, sensuel et bienveillant, la censure fuit et cherche les ténèbres pour se cacher.

L'alcool. Le plus fort possible. Lui faire entendre raison. Et le monstre peut alors de nouveau se jeter dans la foule sans pudeur.

En fait, j'ai juste envie de boire. Me mettre à l'envers. Me laisser aller. Souiller mon temple. Pardon maîtres. Elle n'est pas là…

J'assume très bien ma censure quand je le décide. Et le monstre n'a pas besoin de molécules en ol pour se faire entendre.

Le monstre est là et ne cherchera pas à être une personne qu'il n'est pas.

Le visage commence à se détacher de la foule et à se rapprocher. Il ne sait pas encore s'il doit sourire ou s'il doit garder sa fierté.

Il approche et je sens une présence derrière moi qui éloigne le visage de ma trajectoire. Je me retourne.

Un type s'approche. Je sens distinctement qu'il est là pour moi. Instinctivement, je perçois deux sbires en retrait.

Machin n'a pas bien travaillé à l'entrée. La bosse sous leur veste est des plus explicites sur leurs capacités de nuire à la salle.

Je sens que le type en approche a un truc à me demander. Et ce n'est pas habituelle.

D'habitude, les gens m'appellent sur mon portable dont le numéro figure ouvertement dans les petites annonces.

Dans celles qui disent « Vous cherchez un truc, vous cherchez quelqu'un ? Vous ne savez pas comment le trouver ? Appelez-moi, je vous dirais qui contacter et comment faire, discrétion assurée ».

Je ne fais que mettre en relation avec les bonnes personnes. Je ne fais rien moi-même.

Ce n'est pas moi qui vais vous apporter le truc ou la personne dont vous avez besoin.

Moi je ne fais que passer des coups de téléphone et je vous mets en contact avec la personne qui a ce truc ou sais où trouver cette personne.

Ce n'est vraiment que pour des VIP que je fais exception. Eux ne veulent être en contact avec personne d'autre. Dans ce seul cas je livre moi-même.

Après, c'est votre affaire, pas la mienne. Je prends juste ma commission. C'est ça pour moi la définition du business : mettre en relation les gens qui cherchent avec ceux qui trouvent[3].

Et si votre truc sent trop mauvais pour moi, je garde une attitude professionnelle et vous renvoie vers les confrères qui auront un odorat moins délicat que le mien. Et ce service-là, il est gratos.

Le type approche, je sais qu'il est là pour moi et je sais qu'il ne me plait pas. Et même pas du tout.

Ça pue les chiottes des trains après trois heures de voyages. Il n'a pas encore ouvert la bouche qu'il me fait déjà chier.

— Tire-toi.

— Tu es bien Dany ?

— T'es sourd, je t'ai dit de te tirer.

— Moi, tu m'appelleras Ferdinand, j'aime bien ce prénom, un peu vieux jeu, mais très ancré, solide,

---

[3] D'après Layer Cake, film de Matthew Vaughn – 2004

qu'on dirait têtu. On m'a dit que je pourrai te trouver ici, que tu y as tes habitudes. Cradingue comme bureau, mais je n'en attendais pas moins.

D'habitude mon physique dominant, surtout face à un nabot dans son genre, et mon ton n'offrant aucune ouverture sont suffisants.

Mais là, il faut croire que ce Ferdinand est con et de la race de ceux qui osent tout[4]. Ou il n'a pas compris qu'il me faisait chier.

— C'est quoi que t'as pas compris dans tire-toi ?

— Ce doit être ma culture du commerce. De celle qui dit que le client est roi, de celle qui dit que quand un mec entre dans un magasin, c'est pour chercher à dépenser un peu de son argent, de celle qui dit que le commerçant se doit d'accueillir le client avec le sourire, en toute circonstance, de celle qui dit que sinon le commerçant devrait changer de boulot s'il ne veut rien vendre, de celle qui dit que sinon le client est en droit de se mettre dans une putain de rogne qui lui ferait démolir la gueule du connard derrière la caisse et de lui faire bouffer par le trognon tous ses putains d'articles à la con et de les lui enfoncer à coup de masse pour bien lui faire remonter jusqu'aux amygdales, de lui écrabouiller sa putain de tête sous sa putain caisse avant de mettre le feu à son putain de commerce. Alors Dany, si tu veux continuer à faire du commerce avec pignon sur rue, tu me souris en me montrant toutes tes dents jusqu'aux gencives, t'acceptes que je te paie ton

---

[4] Le pacha, film de Georges Lautner – 1968

putain de verre et tu me laisse te raconter ma putain
d'histoire.

Je savais que ce type allait me faire chier. Son truc puait la
merde à des kilomètres à la ronde.

Et il fallait que je joue les espèces de Roger Gicquel pour
qu'il vienne couler son bronze sur mes boots.

Mais le plus emmerdant, c'était le vide derrière ses yeux.

Sa tête semblait être tout de ce qu'il y a de bien remplie avec
un gros processeur pour la faire tourner.

Nan, par vide, je veux parler de celui qu'on distinguait
derrière les flammes qui crépitaient au centre de ses pupilles.

Ce vide-là me faisait dire que malgré tous les centimètres que
je lui rendais, il n'y avait aucun espoir que je puisse me
débarrasser de ce putain de psychopathe.

> — Personne t'a dit que le magasin était ouvert, le rideau
> est baissé et tout le monde est parti boire un coup
> pour oublier les quelques clients qui nous ont fait
> chier et qu'on aurait bien voulu passer à travers la
> vitrine. Tu forces l'entrée, tu me chies sur les bottes,
> t'attends pas à être bien traité.
>
> — Ben voilà, tu piges vite, on peut donc commencer à
> discuter. Maintenant que je suis là, que t'es là, le
> commerce peut avoir lieu. Qu'est-ce que tu bois ?
>
> — Paie-moi le Jack que j'ai dans le verre. Je sens
> qu'une tequila paf sera pas suffisante pour que tu me
> lâches.
>
> — Je vois-là le sens de l'observation qu'on m'a tant
> vanté. Hey !
>
> — …
>
> — HEY GARCON !
>
> — … QUOI ? qu'est-ce que vous voulez ?
>
> — Ecoute serveur, je n'ai pas envie de refaire un long
> discours, alors je dirais seulement que je veux

d'abord un sourire pour me faire sentir que c'est avec plaisir que tu vas prendre mon pognon, ensuite je voudrais un rhum brun et tu lui remettras un double Jack.

— …a-avec plaisir monsieur.

Le serveur a dû percevoir le même truc que moi et qu'il ne fallait pas pousser le bonhomme trop loin pour éviter la catastrophe.

— Putain, pas étonnant que ce soit la crise, si plus personne ne veut vendre ce qu'il a vendre !

Il prend une vraie respiration.

— Bon, où j'en étais ?

— Nulle part pour l'instant, juste à commencer à sérieusement me faire chier alors que j'étais en train de me détendre un peu.

— Ouais, désolé pour ta tension, mais j'ai besoin de quelque chose et on m'a dit que tu étais la bonne personne à qui la demander cette chose. Alors tu vas juste m'écouter et tu me diras ce que je dois faire après ça. OK ?

— J'ai déjà ta réponse, mais je sens que tu vas quand même me la raconter ton histoire.

— T'as raison ! et ça me rassure, je ne me suis pas trompé, t'es vraiment la personne que je cherchais !

Il tourne son visage vers le sol, se prend le front en étau dans les doigts de ses mains, majeurs, index et annulaires, tandis que les pouces appuient sur les tempes et que les auriculaires de rejoignent contre le nez vers le coin des yeux.

Il semble rassembler toute sa matière grise en un seul endroit, celui laisser libre entre le bout des ongles de ses index.

Il inspire fortement et relève la tête, comme après un effort de méditation extrême.

— Je cherche une fille. Une fille qui s'appelle Lena. Une putain de belle fille. Même toi et ta gueule de tocard efféminée tu la trouverais belle putain. Je ne veux pas parler de ta sale gueule ou de ta gueule de pédé. Je dis juste que t'as la gueule de celui qui joue les blasés et pour qui plus rien n'est beau, plus rien n'est chouette dans ce monde. Et pourtant, même toi et ton ennui d'un milliard de kilomètres de long tu lui trouverais une putain de belle gueule, des putains de nibards, des putains de fesses, des putains de jambes, des putains de mains, des putains de pieds et même des putains d'épaules et c'est pas ce putain de Suisse qui réussirait à faire dire le contraire au meilleur des acteurs méprisant[5]. Putain ! j'en bande rien que de penser à son putain de beau nez.
« Je voudrais que tu la trouves pour moi. Il y a un truc que je veux lui offrir. Et comme elle est partie, ben j'ai besoin de quelqu'un comme toi pour la trouver.

— Tiens, je te donne le numéro d'interflora.

— Putain qu'il est con ! T'as bouffé un Jack Nicholson au p'tit dèj ducon ! Si j'avais besoin d'un fleuriste, je s'rais pas en train de m'faire chier dans ce trou à la con à entendre cette musique de merde et à devoir supporter la présence de tous ces jeunes connards. Parce qu'en plus de la fille, va falloir que tu me trouves le livreur. Genre qu'à passer son enfance à arracher les ailes de tout ce qui vole, à faire fumer tout ce qui croasse et à passer à la machine à laver tout ce qui a quatre pattes. Enfin, pour être très

---

[5] D'après Le mépris, film de Jean-Luc Godard – 1963

précis, le genre qui peut pendant des heures s'amuser à tourmenter n'importe quel être vivant sans que ça l'empêche de dormir après. Parce que ce putain de cadeau que j'veux lui offrir à cette salope, c'est un long, très long voyage vers l'au-delà. J'veux qu'elle y arrive par petits bouts, par tous petits bouts et qu'elle sache bien que le petit bout est arrivé avant que le suivant ne l'y rejoigne, le genre de truc où même les neuf cercles de l'enfer de Dante paraissent une visite au parc de Mickey d'mon cul.

Je savais bien que son truc puait la grosse merde. Mais à ce point, c'est vingt sur vingt sur l'échelle de la connerie humaine qui ne compte que 12 barreaux.

Il est transcendé à me déballer sa merde. Il paraît hors de contrôle, hors du mien en tout cas. Putain, comment je me débarrasse d'une coulante pareil ?

— Pas la peine d'aller plus loin, t'as frappé à la mauvaise porte. Mais comme j'fais bien mon boulot, je vais te filer l'adresse du confrère qui te trouveras tout ça aux petits oignons. T'as de quoi noter ?

— T'es un vrai marrant tu sais ? Tu crois vraiment que je suis venu jusqu'ici pour que tu me refiles le nom d'un gars que j'ai déjà ? Tu crois vraiment que je suis venu tremper les pompes les plus classes du monde dans la merde de ce souk pour que tu me dises d'aller voir ailleurs ? T'es p'têt plus con qu'on m'avait dit. C'est ça, t'es vraiment con ?

— Je crois que c'est toi le connard pour croire que je vais faire dans l'article que tu cherches. Tu t'es planté d'adresse. C'est tout. Ça arrive même au meilleur de se planter.

— Mais je m'en fous que tu fasses ou que tu fasses pas. T'es le mec que j'ai choisi pour le truc. Donc tu vas me faire le truc que je demande. Et j'ai horreur de devoir insister. Ça a tendance à me rendre nerveux. Et quand je suis nerveux, j'entends rien d'autre que mon putain de sang qui bouillonne dans mes oreilles. Et alors, il faut que je stoppe ce bouillonnement, il est juste insupportable. Tu piges ? non tu piges pas. Alors je vais te mettre les points sur les i. Il est où ce con de téléphone. Putain, c'est jamais dans la bonne poche. Ah, le voilà ! Putain, mais quelle est l'espèce d'enculé de connard de résidu de cafard qui a inventé ce truc où tu tapes mille fois par jour le con de code que tout le monde connait !

« ALLO ! Ouais ALLO ! c'est moi ! Putain fais pas chier et ferme la, passe-le-moi !... Alors t'as mal ? Bon, j'te passe qui tu sais. Et sois convaincant, il est vraiment trop con pour comprendre !

« Tiens connard, c'est pour toi !

Il me jette littéralement son téléphone à la gueule. Et je ne sais par quel réflexe je le rattrape alors que je ne souhaite qu'une chose, c'est qu'il termine sa course pour se fracasser quelques mètres plus loin.

    — ...

    — ... ?

    — ...

    — Red ?!

    — ...

    — Oui, je t'écoute merde...

Qu'est-ce qu'il veut que j'écoute. La colère m'a bouché les tympans et fait perdre toute vision.

Je ne vois que cette espèce de petit mec qui me sourit avec son air triomphant et ses yeux écarlates.

Tonton Red est la seule famille qui me reste, ou presque. Enfin, quand je parle de famille, il n'y a rien en lien avec le sang.

Juste une famille qu'on se choisit. Une famille de hasard. Une famille plus chère que tout.

Il était toujours là quand je voulais apprendre le métier. J'ai plus d'affection pour ce vieux joueur invétéré que ma propre vie. Dont je me fous royalement.

Il m'a déjà fallu le sortir de plusieurs merdes où il s'était fourré. Mais parce que je lui dois plus encore.

Et là, je réalisais que ça faisait presqu'une semaine qu'il était dans les pattes de ce taré.

Presqu'une semaine que je le cherchais doucement. Il a droit aussi à son espace. Rien dans les endroits habituels.

Et sauf pour le coup du siècle, que je connaitrais avant lui, il ne disparaitrait pas sans laisser un mot ou une trace à suivre.

Et là, je réalisai que la petite crevure en face de moi avait raison depuis le début. Et que je devais lui montrer toutes mes dents jusqu'aux gencives et lui dire « oui notre bon maître, tout ce que vous voudrez notre Monsieur ».

Je lui rendais son téléphone

> — Et tu crois vraiment que je vais changer d'avis pour ce vieil ivrogne de Red ?
>
> — Je m'attendais tellement au coup du bluf… Comme je m'attends aussi à ce que quand je vais reprendre le téléphone pour dire « vas-y coupe lui la main », tu vas m'arrêter et me dire que tu m'écoutes jusqu'au bout. Alors tu veux qu'on joue tous les coups dans l'ordre ou on passe directement à échec et mat et tu fais ce que je te dis ?
>
> — T'es vraiment qu'un connard. Termine vite ton histoire dégueu en précisant bien le quand et le où pour qu'on en finisse rapidement avec cette merde.

— Tu vois. Tu es raisonnable au fond. On va bien s'entendre tous les deux.

« Bon Red, repasse moi Dédé

« Dédé, coupe lui le pouce gauche

— Putain non !…

— Je t'ai dit Dany, quand mon putain de sang bouillonne, il faut pratiquer une saignée, sinon je deviens vraiment trop colérique. Et comme ça, tu sais que je ne plaisante pas. Et tu sais que tu ne dois pas plaisanter avec moi non plus. Alors repose ton putain de coude sur ce comptoir avant que Gégé numéro 1 et Gégé numéro 2 ne le prennent mal. Je vais te donner les derniers détails du « truc » que je veux que tu trouves pour moi. Tu crois que tu sauras être à la hauteur ? Parce que ça n'est pas banal pour toi. Ça va te demander pas mal d'effort pour arriver au niveau que je te demande. Tu sauras y arriver ? Mais bien sûr qu'il saura le mignon.

« Donc, j'aimerais que d'ici une semaine, tu me ramène un joli film, genre 24 heures de la vie d'une femme, et le morceau de peau sur son épaule où est tatoué un petit papillon bleuté. J'en ai tellement besoin pour pouvoir m'endormir paisiblement le soir.

« Tiens la photo et le nom. Aux dernières nouvelles elle était du côté de Tours. C'est bon, t'as tout noté. T'as pigé ce que tu devais faire ? C'est bien Dany. Tu progresses. On se retrouve dans sept jours chez moi, dans ma ferme. Et si t'as bien travaillé, on se fera un chouette barbecue. Je ne te dis pas où c'est, tu es assez grand pour trouver l'adresse par toi-même. Et comme Red est mon hôte jusque-là, je sais que tu seras à l'heure.

Il a posé un billet de 100 sur le bar. Le barman a montré comment ses dents brillaient. Et il est parti en me plantant comme une fiente devant les trois Grâces.

Putain mais quelle horreur ce type. Dans quelle merde je suis en train de me débattre.

J'ai l'impression d'être Nevin Spense[6] qui plonge dans la fosse à purin pour sauver son père de la noyade…

Et pourquoi est-ce que ce connard de cerveau s'est déjà mis en marche à chercher comment trouver la fille, le taré et le lieu ?

Pourquoi est-ce que ce con de morceau de mou difforme calcule déjà les solutions et leurs probabilités de réussite.

Être dans sept jours avec la cassette des vingt-quatre heures de torture de la fille, le tatouage et repartir avec tonton toujours en vie ?

Un pouce en moins, mais vivant. Et enfin, éviter de finir dans le barbecue ? Famille je vous hais ! Va crever Red. Toi et ce sale nain psychopathe.

— Ho !

— …

— HO ! toi là-bas.

— …

— Ouais le serveur.

— Oui ?

— T'as pas une bouteille de Jack qui ne serai pas coupée à l'eau ?

— Toutes nos bouteilles…

— Ok, laisse tomber, apporte la bouteille.

Merde ! Merde ! Merde ! Merde ! Quelle connerie. C'est quoi cette putain de connerie de merde ?!

---

[6] Nevin Spense, espoir du rugby irlandais est décédé avec son père et son frère asphyxiés dans une fosse à purin, note de l'auteure.

Ma gueule dans la glace en face. L'obscurité pour me faire disparaître tout à fait.

Deux yeux qui restent malgré tout. Putain, mais foutez-moi la paix, disparaissez ! Eteignez-vous ! Lâchez-moi !

Je bois direct au goulot. A peine une petite brûlure dans la gorge pour remonter un peu de chaleur jusque dans mon nez.

Rien. Aucun effet. Ou si peu. Et c'est sensé être leur truc le plus fort ? Merde, je n'arriverai pas à me faire un trou dans le crâne avec cette connerie.

Je reste à observer le fond de ce cette bouteille vide. Penchez en avant légèrement. Complètement dans mes pensées.

L'image d'Humphrey Bogart dans n'importe quel foutu bar de cette foutue planète.

Mais ce bar n'est même pas n'importe quel foutu bar de cette foutue planète. Aucune chance de voir mon Ingrid[7] débarquer là.

Et là autour, y'a pas quelqu'un qui viendrait me chier sur les bottes pour que je lui en colle une et qu'il me démonte la tête ?

Pas une seule tête alentours qui mériterait d'en arriver là. Qui mériterait de me défoncer la gueule.

Rien d'autre à faire qu'à réajuster le cuir. Remonter le col. Laisser tomber les épaules sous le poids du monde. Et me barrer loin.

Le plus loin possible. Disparaître. Me faire totalement oublier. Un monastère au fin fond du Cantal.

N'importe quel trou du cul du monde pour m'y planquer définitivement. Et laisser ce con de Red se démerder avec ses emmerdes.

---

[7] D'après Casablanca, film de Michael Curtiz – 1942

Le loin commencera par le dehors de ce lieu devenu infréquentable. Dehors il fait noir. Toujours moins qu'à l'intérieur de moi.

Dehors il fait frais. Suffisamment pour que cette conne de peau réagisse et fassent faire à mes autres membres des gestes débiles comme fermer mon blouson, enfoncer mes poings dans les poches et marcher d'un pas déterminé.

Pourquoi est-ce qu'au final c'est encore ce corps inintelligent qui vient ramener sa fraise pour me faire avancer. Mais laisse-moi crever !

Je ne sais plus depuis combien de temps je marche. Je ne sais plus où en étaient mes pensées.

Je ne sais plus d'où je viens. Je ne sais plus pourquoi je suis là. Comme un réveil en sursaut dans une chambre inconnue.

Un endroit qui n'est rattaché à rien de moi. Un endroit sorti de nulle part. Et où j'aurais atterri sans passé, sans histoire.

Les cris de la fille me sortent de mes pensées. Comme un bruit incongru, qui n'aurait rien à faire là, me sortirait de mes rêves dans un lieu étranger.

Et qui me fais passer immédiatement du coma cotonneux à une lucidité violente.

Sept de la bande de skins de tout à l'heure sont là, autour d'elle.

— Ben alors la noiraude, t'es perdue ?

— Ouh ouh ah ah ! Ouh ouh ha ha! La gueunon !

— Tu te la joues salope la nuit, t'as enlevé ta burka ?

— Du saucisson ! du boudin !

— Putain, une étoile de David !

— Elle va tâter de la vraie queue supérieure !

— Tu vas voir comme on va bien t'faire mal.

— Double jackpot mes potes !

— Regardez-la qui veut se barrer.

— Heureusement on te tient bien ma chérie.

— T'as peur des vrais mecs ? t'es une salope de gousse peut-être, une pute d'homo !

— Bon on fait quoi ? on la vide ou on la nique ?

— LES DEUX ! LES DEUX ! LES DEUX !

Et derrières ces cris porcins et puants, juste quelques sanglots d'une fille terrorisée.

— Donne-moi ta lame, que j'commence par l'exciser cette fille d'esclave.

— J'crois qu'c'est ton gland qu'il faut virer en premier, il est bien trop redondant avec celui qui t'serre de tête !

— …

— Putain t'es qui toi ?

— Tu nous cherches ou tu t'casses tranquille !

— Je crois bien que j'vous cherche depuis une heure.

— Ouais ben tu nous as trouvé pédale !

— Et ça va te faire mal au cul mon con !

En même temps que les trois premiers se jettent sur moi avec leurs bâtons, leurs couteaux et leurs poings, je me dis qu'ils ne pouvaient pas me faire plus plaisir.

J'allais peut-être enfin y rester ! Non… manque de pot. Mes bras, mes jambes, ma tête et tout mon corps se mettent en mouvement par reflexe à la con.

Ils s'agitent pour éviter leurs coups et pour asséner quelques douleurs irrémédiables.

A peu près comme lors du pogo de tout à l'heure. Mon corps exulte à nouveau de pouvoir se défouler sans entrave.

Mes poings volent et s'abattent. Mes pieds décollent et frappent. Ma tête bascule et cogne. Et tout mon corps est engagé pour les démolir.

En moins d'une minute, je suis debout. Les jambes fléchies. Les pieds légèrement écartés. Les poings serrés.

Ils sont meurtris et ensanglantés. Tendus en direction du sol au bout de mes bras à peine pliés.

La tête haute, le regard plongé dans l'obscurité. Une goutte de sueur perle à mes tempes. Position signalant qu'il ne reste que moi debout.

Sept corps jonchent le bitume. Sept corps déformés. Inanimés. Recouvrent le sol dans des postures imbéciles.

Pourquoi est-ce encore ainsi ? pourquoi alors que je veux qu'ils me tuent, je suis encore debout et eux à terre ?

Pourquoi est-ce moi qui veux en finir et eux qui sont tombés ? Pourquoi personne ne peut m'abattre ?

Pourquoi est-ce que je ne peux pas en finir ? Je ne suis pas Hulk ! Je suis pourtant tellement Bruce Banner.

Un mouvement derrière moi. Un corps qui se relève. Il a un couteau à la main. Il titube à peine.

Il se met en mouvement. Il fonce vers moi. La pointe vers le cœur. Dans mon dos.

La distance se réduit, plus que quelques centimètres.

Respire, profite de cette dernière seconde.

Tout s'arrête maintenant. Enfin, la fin ! Merci. J'en ai fini avec tout ça. Laisse les choses se faire. Il va droit sur ton cœur.

Quelques millièmes de secondes après que la lame aura pénétrée, tout le flux sanguin sera repoussé vers nulle part.

Comme une baudruche qui se vide de son air en se flétrissant de toute part. Plus de sang, plus d'oxygène vers la tête.

Et en une poignée de seconde c'en sera terminé. Terminal station. Retour au dépôt. Je ne prends plus de passager.

Savoure !

Non, pas ça ! arrête ! ne bouge pas ! Pourquoi ce con de torse se casse sur tes jambes d'un coup en se tournant d'un quart de tour vers la droite ?

Pourquoi est-ce qu'il se détend dans le sens opposé comme un ressort compressé soudain libéré ?

Pourquoi ton bras gauche qui s'est étendu chasse-t-il la lame devenue bien seule dans l'espace ?

Pourquoi ton bras droit se met en balance pour suivre le mouvement en entraînant le reste de ton corps ?

Pourquoi tes jambes se décollent telles une paire de ciseaux volants ? Pourquoi tes pieds frappent tour à tour le visage de la délivrance ?

Pourquoi en revenant sur le sol, tes jambes emmagasinent-elles l'énergie de ta danse ?

Pourquoi ton poing gauche repart-il à toute vitesse vers l'endroit exact où l'angle droit du maxillaire inférieur de ton libérateur revient ?

Pourquoi ce mouvement de ton bras libère cette énergie dans tes jambes pour faire redécoller tes pieds ?

Pourquoi ton corps refait-il la roue en passant au-dessus du corps inanimé de celui qui voulait te libérer ?

Pourquoi quand tu es à son aplomb, ton poing droit vient-il frapper l'arrière de son crâne au moment où il allait heurter le sol dur ?

Pourquoi il laisse entendre comme le craquement creux d'une coquille d'œuf qui se brise ?

Et pourquoi tu ne l'as pas laisser faire ?

Pourquoi ? Et pourquoi tu te mets à hurler toute ta colère vers le ciel ? Toute ta rage ? Toute ta déception ? Toute ta tristesse ?

Mes bras longtemps dans la position de ceux qu'on écartèle retombent soudain le long de mon corps. Anéanti.

Putain, encore raté !

— Je…je…vous… merci…

Je n'ai envie que de hurler à nouveau. Mais je ne sais quel diktat social ou quelle bienséance surannée autant qu'inutile me fait juste la regarder droit dans les yeux et lui demander d'une voix aussi douce que possible

— Ça va ?

Me ramenant immédiatement à une chanson maudite de Tom Novembre. J'ai envie de me frapper.

> — Oui, ça va… mieux… beaucoup mieux depuis votre arrivée… Enfin, c'est assez con comme expression. Vous m'avez sauvée… Vous m'avez sauvé la vie. Je ne sais pas jusqu'où ces connards seraient allés ?
>
> — Jusqu'où vous ne voulez pas savoir.
>
> — … vous avez raison… je n'ai jamais eu aussi peur de ma vie… enfin… presque jamais… je crois. Enfin… les autres fois ne comptent plus… Plus maintenant que je sais qu'il reste des personnes pour m'aider…

Sa voix baisse à devenir inaudible sur la dernière phrase. Elle se met à pleurer de grosses larmes chaudes. Vivantes. Je lui souris.

Je la regarde depuis dix secondes à peine et je sais déjà qu'elle fait partie de ma famille.

Il n'y a pas de marque. De Cain ou un autre truc du genre. Qui nous rendrait haïssables pour le reste de l'humanité.

Pas de marque qui déformerait son visage. Rien pour le montrer tel à une gueule cassée.

Pas de marque visible ou invisible. Mais elle fait partie de ce côté de l'humanité où je me tiens. Et je ne sais pas décrire ce côté-ci.

Ce serait en plus tout à fait inutile. Pour ceux qui en font partie, ils savent déjà de quoi je parle.

Pour ceux qui n'en font pas partie, ils ne veulent même pas savoir à quoi cela ressemble.

Et pour ceux qui s'en foutent, alors ceux-là savent que je n'ai pas besoin d'épiloguer.

Au fur et à mesure que mes yeux regardent les siens elle devient toujours plus belle et rayonne de ce halo qui rend les choses précieuses à vos yeux.

A moins que ce ne soit qu'un shoot hormonal. Après l'adrénaline, l'ocytocine ! La réaction biochimique qui vous fait croire que vous vous attachez.

A quelqu'un. A votre chien. Voire à votre godemichet. Il faut bien que tout ce truc qui est moi se trouve une raison.

Une raison d'avoir fait tout ça plutôt que d'avoir continué mon chemin en tournant la tête.

Même si en l'état, cette fille encore choquée n'a pas grand-chose à voir dans le choix que j'ai fait.

Il s'agissait plutôt de trouver un tatami où je pu enfin combattre après que le nain débile se soit barré en me laissant en plan.

Avec un niveau de frustration dépassant les oreilles. Il fallait que j'évacue. J'ai marché longtemps avant de les trouver.

Presque en transe. Laissant mon esprit me guider jusqu'à eux. Et ce fut bon. Bien sûr, ils cochaient toutes les cases de la connerie. Je pouvais me déchaîner.

Cela n'a fait qu'amplifier mon plaisir de leur péter la gueule. Et maintenant, me voilà avec la responsabilité sociale de veiller sur elle.

Putain d'hormones ! Je l'aide à se relever. Elle tient à peine debout. Elle se reprend. Regarde autour d'elle. Et pleure encore pour se libérer de sa terreur.

> — Je…j'ai les jambes encore toutes molles. Est-ce que je… désolé d'abuser encore… Est-ce que je peux vous demander de me raccompagner jusqu'au prochain taxi ? Je ne me sens pas de pouvoir avancer toute seule encore. J'ai l'impression que mes jambes réagissent comme dans ces rêves où vous devez courir et où vos jambes ne cessent de vous lâcher…
>
> — Je vous emmène jusqu'au prochain bar pour vous laisser le temps de vous remettre d'aplomb. Là, vous pourrez appeler qui vous voudrez.

— … merci…

Je me retourne et vérifie que tout le monde reste bien allongé au sol, dans la position grotesque que je leur ai donnée.

Quelques râles douloureux bercent la nuit. Je la regarde de nouveau. Ses collants sont tout filés dans ses Doc Martens.

La fermeture de son short est déchirée tout comme la boutonnière. J'enlève ma ceinture et la lui donne pour qu'elle puisse marcher les mains libres.

Et c'est moi qui me sens ridicule sans ceinture. Heureusement, mon T-shirt couvre cette béance sous mon cuir trop court pour cela.

Elle la sert un trou à côté de celui que j'utilise. Elle est un peu plus petite que moi. Au début de sa trentaine, a priori.

Sa blouse est également déchirée de l'encolure jusqu'au bas du plexus. Malgré mes efforts, je ne peux que remarquer la dentelle de son soutien-gorge.

Peu importe sa tenue, je dois me concentrer et la regarder dans les yeux. Pas de défaut de maitrise du véhicule. J'en suis responsable en toutes circonstances.

Dans un geste de survie, elle termine d'ouvrir son haut jusqu'en bas et noue les deux parties au-dessus de son nombril.

Ses coudes sont écorchés, son poignet droit marqué et ses doigts meurtris d'avoir été écrasés.

Elle est debout. Elle garde la tête bien droite.

Elle est prise d'un frisson et se serre les bras sur la poitrine. Je me sépare de mon cuir pour lui couvrir les épaules.

J'applique une légère pression sur ses épaules pour la réchauffer. Elle s'écroule dans mes bras et inonde mon T-shirt de larmes. Cette fois elle évacue tout.

> — Pleure. Oui, c'est ça, pleure. C'est bien, laisse tout couler. Là, oui, comme ça. Respire… respire. C'est mieux ?

Mes gestes essaient de lui faire passer autant de chaleur que je peux. Je la serre dans mes bras en lui frottant doucement le dos.

Elle me regarde gênée. Une irrépressible envie m'envahi d'aller foutre des coups de pied dans la gueule des sept enculés.

Pas de double peine pour toi jeune femme. C'est toi la victime. Ne te sens pas coupable.

Je lui essuie les dernières larmes sous les yeux. Aussi tendrement que mes doigts trop longs le permettent.

Je l'aide à se redresser, tel Lancelot tendant le bras à Guenièvre pour qu'elle prenne appui et réussisse à mettre un pied devant l'autre sans tomber.

Sa chaussure droite se soulève légèrement, avance de quelques centimètres... c'est gagné. J'accompagne le mouvement et l'emmène vers un autre lieu.

Après quelques instants, nous rejoignons les rues mieux éclairées. Un vague sentiment de sécurité la gagne à nouveau.

Quelques temps encore. Dans un silence de cathédrale. Nous arrivons en vue d'un bar de nuit avec une petite terrasse.

Coin fumeur avec banquettes et plaids. De quoi nous tenir loin du bruit infernal de l'intérieur.

Elle est assise à côté de moi. Encore traumatisée. Dégageant une force phénoménale. Buvant un café serré avant le whisky sec juste à côté.

> — Je t'accompagne pour porter plainte ?
> — Je ne sais pas encore... j'ai pas envie de le revivre en le racontant... et puis penser que je devrais revoir ces monstres... je devrais le faire pour essayer d'éviter qu'ils recommencent... et t'obliger à témoigner pour qu'ils sachent qui tu es et s'en prennent à toi... je ne sais pas si je suis prête...

Putain Dany, t'es vraiment qu'une merde ! A chaque mot elle s'écroule un peu plus.

Physiquement elle devient vraiment pâle. Et à chaque phrase je vois clairement la mécanique de ses méninges entrer dans une nouvelle boucle.

Spirale infernale. Vis sans fin qui creuse dans la plus basique des logiques pour la dérégler tout à fait.

Plutôt que de l'aider, je l'enfonce encore plus dans un cul de basse fosse sans issue ni lumière.

Aaah ! Est-ce qu'un bus pourrait devenir fou et venir m'aplatir contre ce mur laid. Qu'on en finisse. Je suis vraiment à jeter. Rien à garder.

> — Ma question était mal venue. D'abord se remettre un peu à l'endroit en profitant de cette belle vue sur les panneaux publicitaires avec cette superbe musique…
>
> — …
>
> — …
>
> — … pas très fan de cette musique.
>
> — J'ai les oreilles qui commencent à saigner.
>
> — C'est presque pas humain d'écouter ça.
>
> — Avoir résister à ces connards et finir comme ça.
>
> — …
>
> — …
>
> — Je… je t'ai déjà dit merci ?
>
> — Ça c'est le plus embêtant après ce genre de choc post-traumatique… ça commence par une légère amnésie, puis les oreilles croient entendre des sons bizarres, la vue se trouble à son tour, comme les autres sens, et puis un début de paralysie, le bout des doigts d'abord, comme un faible picotement, et puis tout le reste du corps, en sentant monter une espèce de raideur à la base du cou, qui remonte vers le crâne, jusqu'au cerveau et puis, PAF ! la rupture. Et c'est la fin.

— …

— Je suis désolé pour toi, je pense que tu as juste le temps d'appeler une dernière fois la personne qui t'est le plus chère pour lui dire combien tu l'aimes… Je vais te commander le dernier verre.

— …

Je regarde mon poignet où il n'y a pas de montre.

— Je lance le chrono, je te dirais quand ce sera la fin.

— …

Ses yeux incrédules cherchent désespérément une bouée à laquelle se raccrocher.

Peut-être le plissement au coin de mes yeux. Leur éclat déjà rieur. Le coin droit de ma bouche qui s'arque légèrement vers le haut.

Elle éclate de rire. Pleure et éclate de rire.

— J'ai l'air si mal en point ?

— Ben disons que comme ça, ça fait un peu peur à voir.

— Enflure !

— Et encore, tu portes mon cuir qui cache un peu la misère…

— Saloperie !

Elle me donne un coup de poing contre mon genou.

— Le rimmel, quand ça coule… Les gens vont vraiment croire que c'est à cause de moi que tu es dans cette état-là.

— Et encore, je ne leur ai pas raconté ce que tu m'as fait.

— Et merde… encore une soirée tranquille qui va se terminer en lynchage…

— Je leur dirais de te pendre par les pieds, façon piñeta à faire éclater pour que tous les petits bouts tombent par terre.

— Ah ouais, ça s'rait pas mal ça. Avec les corbacs qui viendraient arracher les derniers morceaux avant qu'ils ne soient trop pourris. Un vieux fruits tout pourri.

— Pas vraiment la couleur des strange fruits. Pas encore assez de souffrances chez toi.

— Ma langue toute gonflée arrêterait enfin de raconter des conneries. Et au bout de quelques jours, plus rien ne tiendrait et je finirais par me splasher au sol, comme un truc informe tout gluant.

— Une grosse merde qui s'éclate au sol. Voilà ce que t'es, une grosse merde étalée sous la chaussure d'un clodo.

— Oula, je n'ai déjà plus rien à montrer et tu ne t'es même pas encore présentée.

— Makéda !

— … Tes parents avaient vraiment de l'ambition pour toi[8].

— Et je ne les déçois pas.

— Dany. Comme LE Dany Wilde de Brett Sinclair[9].

— Et je t'ai dit merci alors ou pas Dany ?

— Non, je ne crois pas, autant profiter de la situation.

— Merci ! Maintenant je veux bien un verre.

— De quoi ?

— Ben merci de m'avoir…

— Non, un *verre* de quoi ?

— Ah, euh… j'ai envie d'une vodka martini. Je me dis que ce serait quand même con de partir sans y avoir jamais goûté.

---

[8] Makéda est l'un des noms de la Reine de Saba, note de l'auteure, d'après ce que l'on trouve sur internet.

[9] The Persuaders!, série britannique – 1971/1972

— Ouai, je promets rien vu le genre de la maison.

— Tant pis, tu verras bien.

— Ça te laisse le temps de passer ton dernier appel.

— …

Dix minutes après, quand je reviens avec les deux verres sauvés de la foule, elle est toujours au téléphone.

— Tu lui a dit que tu l'aimes ?

— Bises!… T'es con ou tu le fais exprès… On est pas assez intime pour que je dise quoique ce soit d'aussi perso.

— Tiens, c'est ce qu'ils avaient de plus rapprochant de ta commande.

— Le verre est pas très classe pour le nom…

— Une vodka, du Schweppes et j'ai réussi à lui faire ajouter une olive.

— Avec beaucoup d'imagination…

Après quelques temps de plus, elle a réussi à éliminer une partie de la connerie qui lui était tombée sur la gueule.

Je l'ai faite parler. De tout. De rien. D'elle surtout. Et de sa famille. Son histoire. Leur histoire.

Elle a beaucoup parlé. Beaucoup pleuré. Et rit. Un peu. Elle est presque revenue. En phase d'approche pour un atterrissage pas trop brutal.

Elle ne sourit pas encore. Juste quelques prémices de sourire. Assez pour qu'un peu d'hormones de la joie puissent humecter le cortex.

Insuffisant encore. Juste la quantité de came qu'il faut pour se relever. Je lui appelle un taxi pour la ramener chez elle.

Elle ne veut pas me lâcher le bras. A quoi cela rimerait si je montais avec elle… Elle a mon numéro.

J'ai récupéré mon cuir. Je lui ai pris un plaid. Négocié avec le patron qui l'a finalement lâché.

Elle me dira qu'elle est bien arrivée. Et elle me rappellera pour l'accompagner jusqu'au poste de police. Si elle décide d'aller jusqu'au bout.

Je reste les bras ballant quelques instants. Le temps que ma propre merde refasse surface. Je reprends ma déambulation.

La rage est passée. J'avance sans but précis. La tête presque vide. Presque. Les petits bleus de tout à l'heure commencent à occuper mes réflexions.

La douleur pour se sentir en vie. Comme si elle n'était pas déjà une longue douleur sans fin celle-là. Douleur qui ne se termine qu'avec elle.

Le noir commence à céder au bleu du matin. Encore sombre, il s'éclairci à mesure que j'approche de ma grotte.

Une blue note de plus. Encore une nuit finie. Encore une fois j'aurai échappé aux monstres affamés. C'est beau un ciel qui se lève par-dessus les toits. Fait chier.

De loin, sur le haut de ma rue, j'aperçois l'inspecteur Dugland, de son vrai nom Dugland. D'accord, tout n'est pas sa faute…

Il va encore vouloir me poser tout un tas de questions auxquelles je n'ai vraiment pas envie de répondre.

Toujours à sous-entendre qu'il finira par me mettre au trou. Ma nuit a déjà été assez dégueu comme ça.

Pas besoin d'en rajouter et de me laisser emmerder par ce connard. Tant qu'il est appuyé au mur en tirant sur sa clope, je rentre sous le porche à ma droite.

— …Allo Parrain ?

— …

— J'te réveille ?

— …

— Désolé.

— …

— C'est ton gars, Dugland, qu'est en train de faire son chien d'arrêt devant mon terrier…

— …

— Ben ouais, encore ! Comme si y connaissait pas quelqu'un d'autre à emmerder.

— …

— Ouai, fais ça s'teup.

— …

— Oui, c'est bon, il est localisé. Pas de souci.

— …

— Bise à Tao.

A peine raccroché, je jette un œil. Dugland prend son téléphone et décroche machinalement. Il se redresse instantanément. Comme au garde à vous.

J'attends quelques secondes dans l'ombre. Il dévale la rue à grandes enjambées. L'air soucieux. Sans rancune Dugland.

La voie est libre. Je vais enfin pouvoir m'affaler comme une grosse larve et dessécher quelques heures.

Je raconterai plus tard à mon parrain où et comment j'ai localisé Red. Il n'a pas besoin de le savoir tout de suite. Ne pas ajouter une deuxième couche à cette merde de chez merde.

Un peu de vide avant d'en reprendre une pleine pelletée dans la gueule.

Une toux rauque qui renvoie un peu de liquide entre le rouge et le brun, le fluide et le solide, le gras et l'aigre sortent de ma bouche en même temps qu'une toux qui secoue tout mon corps affolé de ne plus pouvoir respirer.

Pourquoi tout ça vient encore exciter ces cons de synapses. Stop, arrêtez ! Laissez-moi partir maintenant ! L'autre ironique et son « Vivons heureux en attendant la mort » se la coulait douce avec son bête de cancer de rien. Je ne veux même pas vivre. Alors le bonheur… Aucun sens non plus.

Suivre les notes sourdes. Les laisser me prendre dans leurs harmoniques et me couler vers les fonds froids et obscurs où plus aucune sensation n'existera et où je pourrais enfin cesser d'être. Vide ta tête. Laisse tomber cette vieille machine qui te sert encore de corps. Fais le vide. Porte ton regard vers l'horizon derrière tes paupières closes. Tu es une feuille morte volant doucement. La plume d'un noir corbeau flottant dans l'air. Tu tourbillonnes doucement, planes à l'horizontal, descends d'un coup, remontes avec une note plus haute, te retournes, vois le haut, le bas, la lumière, le noir, le monde sous tous les angles, dans un dernier instant, et inexorablement tu descends vers le néant, sans rien pour t'arrêter. Tu volètes comme cette feuille morte avant d'atteindre le bassin des nymphéas plongée dans la pénombre d'une nuit d'automne sans lune. C'est la fin.

Putain de Red ! Putain de connard de soiffard de merde. Tu veux vraiment me faire chier jusqu'au bout…

Je sors du néant lourdement. Comme une enclume qu'on vient de rebancher et appuyer sur le bouton ON.

Un long reboot from scratch. Aucune sensation. Aucun souvenir. Que du vide. Autour de moi. En moi.

Un vide pesant et presque douloureux. Mes poings d'abord qui me pincent. Ma joue droite légèrement bleutée qui me lance.

Quelque chose quelque part sur mon côté gauche qui me sert. Mes jambes toutes courbaturées.

Mon cerveau affiche finalement le prompt et restaure dans l'ordre les évènements passés.

Fais chier. Je me réveille alors que j'allais enfin y arriver. Ce con de Red qui va me faire faire ce que j'avais juré de ne jamais faire. Je l'avais juré pour elle.

Et voilà ce con de cerveau complètement restauré. Il est déjà reparti dans ses calculs minables. Minables et atroces.

Où est-ce que je la trouve ma poupée Barbie à démembrer ? Et le Klaus qui va avec pour la démonter ?

Et le Francis qui mettra tout ça sur pellicule ? A quel endroit mettre ça en scène ?

Comment je trouve l'adresse de livraison ? Combien d'heures il me reste ? Si je tiens compte des 24 heures incompressibles, comment je planifie au mieux ?

Putain toute ces questions qui fusent comme des cailloux sortis de leur fronde. Qui viennent me fracasser le crâne.

C'est mal barré pour revoir Red en état. Je peux même plus dire entier. Quelle espèce de sale taré pervers est venue foutre le bordel dans ma vie que je gardais tout juste à l'équilibre ?

A imaginer le plateau de la balance qui oscillent sans équilibre, je me lève en courant pour vomir. Peut-être des restes d'alcool ?

Quelques ablutions pour éliminer le surplus de crasse et d'acide. Retendre un peu de peau pour redonner un semblant de convenance à ce visage difforme…

Et me voilà devant le réseau mondial pour faire ce que le taré attend de moi. Red, je te hais !

Bon, je récapitule, il est vendredi 11h 22. Il me faudra 75 heures pour récupérer toutes les pièces. 3 heures de plus pour aller sur les lieux du tournage.

1 heure 20 pour tout mettre en place. 15 heures pour que Francis installe son matos. 24 heures atroces.

4 heures pour le nettoyage. Non, mettons plutôt 9 heures. Ça sera vraiment moche. 3 heures pour revenir. 8 heures de repos.

12 heures pour faire l'emballage de livraison. 4 heures pour se préparer mentalement. 2 heures pour aller sur le lieu de livraison.

C'est serré. Très serré. En forçant un peu. Avec un chausse-pied, ça rentre. Pas vraiment de marge.

Red, tiens bon, je viens te chercher. Ça tient qu'à quelques minutes à peine que je te dise direct d'aller te faire foutre.

Allez, j'appuie sur le bouton. C'est partie. Le décompte démarre.

Reconnaissance faciale sur les réseaux sociaux, identification des intérêts avec les moteurs d'analyse adéquats. Construction de l'appât idoine.

Succès garantie à 87,82%

Je suis large.

Consultation des annuaires de profession. Epluchage des avis clients. Mise à vue des motivations avec les méthodes made in Dany. Vérifications des disponibilités.

Confirmation de rendez-vous.

Lecture des catalogues dédiés. Prise en compte des préconisations d'emploi pour éviter les pièges et incongruités. Validation du budget.

Commande avec réception en poste restante.

Duplication à partir de modèles existants. Ajustements à la marge. Réglage de la température des couleurs. Adoucissement des arêtes.

Demande de B.A.T. avant impression.

Liste des magasins sur le chemin pour assemblage des fournitures manquantes et utiles. Heures d'ouverture et dossier des gérants et des employés.

Roadbook glisser dans sa pochette.

Spécifications des profiles auprès des services qualifiés. Identification et collecte du pédigrée.

Match confirmé.

Repérage des lieux par satellite et photo de circulation. Elaboration de la carte des relations. Analyse des risques. Gestion du changement.

Réservation en ligne.

Détermination de l'enveloppe de livraison appropriée. Elaboration du papier cadeau adapté. Suffisamment brillant pour l'effet. Pas trop pour ne pas casser l'effet.

Commande pour livraison en point relai.

Plus qu'à attendre et accompagné tout ça pour que le plan se déroule comme écrit.

Ça me fait peur à quel point je réussi à faire ça. Avec toutes les vapeurs d'alcool trainant encore dans mon organisme. Le peu de sommeil.

Et en moins de deux heures chrono, c'est plié. A croire que je me complets à plonger bien profond dans de la merde aussi puante.

Une dernière assurance. Un message au Haineux.

Plus qu'à bouger mon cul pour courir après l'horloge lancée comme une saloperie de machine implacable. Est-ce qu'Alice me suivra ?

Je m'habille. Je prends mon sac de voyage. Y jette quelques affaires de rechange. Le nécessaire de toilette.

J'éteins tout. Porte fermée. Marcher jusqu'à la voiture. Sortir de la ville. Filer sur l'autoroute. Direction plein nord.

Plateau du Larzac. Petit détour. Coupe-boulon, marteaux de toutes tailles, tenailles, pinces de toutes sortes.

Prochaine arrêt du côté de la bête du Gévaudan pour quelques dernières bricoles en pharmacie.

Ligatures caoutchouc, scalpels, érines, pinces, encore, cocktail d'adrénaline et d'anesthésiant. Tout pour que le spectacle dure les 24 heures commandées.

La liste de Klaus est précise, chirurgicale. Les ordonnances sont parfaitement fausses.

Le pharmacien a besoin d'argent et peu de scrupules pour rembourser ses dettes de jeux. Les vraies saloperies sont trop faciles à faire…

Je quitte l'autoroute à peine la Lozère dépassée. Direction Le Puy. Petites routes qui valent toutes mieux que les grands axes sans âmes.

Autoroutes où tous les tocards de la Terre se croient forts de pouvoir aller vite sur un ruban ciré tout droit.

Le vrai plaisir de conduire sur ces routes informes. Le vrai plaisir de se sentir loin du mainstream.

Retour avec ce qui ressemble à la réalité. Trente minutes de presque bonheur avant de repartir vers Saint Flour.

Coitus interruptus. Un camping-car bloque la route. Et comme tous les imbéciles sur ces routes, ils roulent au pas.

Ils cherchent l'aire de pique-nique au milieu des virages. Et dès qu'une ligne droite s'annonce, ils accélèrent.

Vous êtes condamné à rester derrière pour des instants interminables. Des minutes infinies. Et vous rêver du front de libération des camping-cars.

Se débarrasser de ces impostures à grand coup de dynamite. Vous avez le temps de penser à tout ça.

Et plus encore pour imaginer la promiscuité à l'intérieur de cette boîte de conserve.

Les odeurs mélangées. De chiotte. De cuisine. De transpiration. Et de foutre. Avec celles des pieds, omniprésentes… A gerber.

Putain, jusqu'où cette conne d'espèce humaine sera capable d'aller pour se donner l'illusion de bouger sans jamais sortir de chez elle ?

La sphère domestique toujours plus étendue depuis son canapé jusqu'aux confins des steppes mongoles.

Branchée sur son appareil à selfie pour mettre à jour son compte, ses stories ou que sais-je encore.

Sans humer ne serait-ce qu'un tout petit peu de l'énergie. De l'invisible. De l'indicible du lieu.

De cette chose qui ne demande qu'à être saisie pour peu de prendre le temps de ne pas la regarder.

Le casque sur les oreilles pour emporter son bruit partout. Rester dans sa bulle isolée du reste du monde.

Loin de ce qui pourrait nous faire toucher de temps en temps à quelque chose de réel.

Se faire rappeler à l'ordre par les notifications pour passer d'une catastrophe à une vidéo débile et à un post inepte.

Avoir ses quelques cellules grises enfermées dans une excitation permanente. Sans se laisser jamais le loisir de flâner. De laisser divaguer l'esprit dans une lente et douce évasion.

Et ça ! Le salon, la chambre à coucher, la salle de bain, les toilettes, la cuisine, le vestibule, la salle à manger, voire la salle de sport.

Tout ça planté dans un carton de taule et plastique sur quatre roues pour garder comme souvenir de son voyage ceux de son chez-soi.

Sans aucune rencontre réelle possible. Continuer à vivre comme à la maison au milieu de pays, d'us, de coutumes, de gens totalement étrangers.

Comment préparent-ils à manger ? Dans quels ustensiles ? A quoi ressemblent leurs couverts ? Leur vaisselle ? Leurs plats de service ?

Et leurs chambres, comment sont-elles ? Leurs lits ? Trop petits ? Trop grands ? Trop durs ? Trop souples ?

Leur table pour s'installer ? Pour diner ? Pour discuter ? Et leur canapé, à quoi il ressemble ?

Non, Ikea n'est pas l'alpha ni l'oméga de l'aménagement intérieur. Et la lecture du catalogue ne donne pas la vision totale du monde.

Et par-dessus tout, pourquoi venir faire chier les locaux avec cette imposante bouse qui prend toute la route et bloque la circulation !

Une envie de crever les pneus, de court-circuiter l'installation électrique, de flinguer le filtre pour l'eau et de réduire ce truc immonde en tas de cendre.

Un espace pour doubler. Envie de faire un doigt d'honneur à ces gens-foutres. Et moins d'une minute plus tard, un autre encore plus laid et plus imposant.

Aucun espoir n'est permis pour cette espèce. Papa, Maman, pourquoi m'avez-vous imposé cela ? Je n'avais rien demandé. Je ne voulais pas venir. C'est une certitude.

La pharmacie enfin. La préparatrice est très jolie et demanderait à pouvoir passer plus de temps pour bien la connaître.

Un air blessé et mélancolique. J'aime déjà. Une drôle de petite trace qui cicatrise sur la joue.

Elle n'a pas froid aux yeux. Je dois rester sur le plan. Pas de marge pour s'arrêter ici. Salaud de Red !

Le pharmacien vient à ma rencontre. Il me fait passer derrière pour prendre le paquet.

Je lui remets l'enveloppe de liquide. Il garde les ordonnances pour aider à falsifier la destination des produits.

Je sors par la porte de derrière. Un type facile à lire arrive en face de moi. Petit nez. Petits doigts. Et petits pieds. Donc petite bite. Et trop bien rasé.

Il porte au doigt une chevalière qui ne sort plus de mon regard. Elle porte un petit motif que je viens de voir quelques instants plutôt à l'intérieur.

Je me décale de manière à lui laisser le passage contre le mur. Mon coude heurte fortement sont épaule.

Il se retourne en colère. Mes yeux sont déjà plantés dans les siens avant qu'il ait ouvert la bouche.

> — Ta chevalière me rappelle un épisode de Colombo[10].
>
> — … Hein, mais qu'est-ce que tu racontes ?
>
> — Elle laisse des traces trop précises sur la joue de ses victimes
>
> — … Putain mais qu'est-ce que tu me veux ?
>
> — J'ai les mains prises, alors je te pète pas le doigt tout de suite
>
> — Mais t'es malade ! pov'type.
>
> — Si tu devais, dans un moment d'égarement, recommencer, ne serait-ce que même penser à recommencer à la battre, tu me verrais débarquer illico. Et tu pourrais planquer ta chevalière au fond de ton cul, je te l'arracherais avec les dents, les doigts avec.
>
> — …

---

[10] Colombo, série créée par Richard Levinson et William Link – 1971 / 2003

Je l'écrase contre le mur avec le carton.

— Putain, mais…

— Dis-moi maintenant que tu as parfaitement compris. Dis-le très distinctement. Et dis que tu feras tout pour son bonheur !

— … Je comprends ri…

Je lui pose mon genou contre son tout petit paquet.

— Même si c'est pas gros du tout, ça fera très mal si j'appuie.

— Je… Je ferais… j'ai… j'ai compris… je ferais tout pour la rendre heureuse.

— Tu vois, c'est pas très difficile, quand ça vient du cœur, la violence disparait.

— …

Je lui tourne le dos et je reprends mon chemin. Je l'entends rester contre le mur à tenter de reprendre son souffle et de comprendre ce qu'il vient de lui arriver.

Une chose est sûre chez ce genre de lâche, c'est que la peur est suffisante pour les tenir en laisse.

La violence d'autres types beaucoup moins lâches et beaucoup plus badass me vrille les tripes. La merde ce monde.

A une terrasse de Saint-Flour bas, profitant d'un café, j'appelle Louise. Elle me répond.

Je la retrouverai à son club vers vingt-et-une heure. J'aurai bien besoin de son épaule pour pleurer toute cette merde qui me colle aux yeux.

Enfin une pensée réjouissante dans cette journée à la con. Je vais pouvoir passer 3 nuits avec elle. Le temps que toutes les pièces se rassemblent.

3 nuits. Le temps de regoûter à chaque parcelle de sa peau. De son corps. Le temps de me délecter à nouveau de tout ce qui sortira de sa bouche. 3 nuits. Et 2 jours !

Le trajet se termine. 19 heures à peine passées. Plusieurs fournitures récoltées en chemin. Pas de temps perdu. Pas de temps gagné non plus.

J'arrive à l'endroit repéré ce matin. Petit no man's land assez proche du centre pour rester à l'écart de tout. Et à l'abris des questionnements.

Loué fréquemment pour de courte durée. Pour toutes sortes de prestations ou d'évènements très underground. Très confidentiels.

Une présence ici reste banale et n'attire pas l'attention. Jusqu'à supporter un petit passage de visages inconnus.

Pas de fenêtre à hauteur d'homme donnant sur la rue. Conçu comme une coquille à l'intérieur de la coquille.

Un premier espace donnant accès sur l'extérieur par l'avant et l'arrière. A l'intérieur de celui-ci, un second espace clos.

Sans fenêtre. Sur deux niveaux avec ses bureaux en mezzanine. Là, tout peut être. Sans la moindre vibration perceptible par un promeneur même trop curieux.

Les clés sont dans une petite boîte à code à côté de la grande porte. Aucun contact direct avec le loueur.

Il veut rester autant discret que je le veux. Si besoin, il peut arguer qu'il n'a jamais rencontré la personne qui a loué. Il ne peut absolument pas savoir ce qui va se dérouler dans son atelier.

Je rentre la voiture par les grandes portes coulissantes. Suffisamment larges pour laisser passer un semi-remorque. Qui peut aisément manœuvrer une fois entré.

Je referme derrière moi. Et je fais le tour du propriétaire pour éviter toute mauvaise surprise ou écart avec la présentation.

Je sors un détecteur de transmission, audio ou vidéo. Pas besoin d'un petit malin qui piraterait le film avant sa sortie.

Rien. Le loueur veut vraiment garder les mains propres.

Seconde porte, unique accès au saint des saints. Pas plus d'indiscrétion ici, ni aucun écart à noter. Ni avec les photos consultées. Ni avec les descriptions.

Le décor est en tout point conforme au cahier des charges pour ce snuff movie et les excès sortis des délires de ce taré de putain de connard de nain.

Je teste l'acoustique. Matériel sono de voyage. Overkill à fond. Toutes portes refermées.

La rue est parfaitement silencieuse. Pas même une vague pulsation des frappes de l'Animal. Hammersmith pourra dormir.

Les grandes douleurs resteront encore sourdes aux oreilles de ceux qui ne les vivent pas.

Je décharge le matériel. J'installe ce qui servira de table de travail. Je positionne les différentes servantes approvisionnées des fournitures collectées.

Deux treuils de levage complètent le dispositif. Quelques ampoules à changer pour un éclairage de qualité.

Repérage du positionnement des caméras. Une caméra au plus près de l'action pour les gros plans extrêmes.

Une caméra avec un angle plus large pour la vue d'ensemble et ne rien rater des expressions du visage de Barbie, ni de Klaus.

Une troisième en hauteur sur la mezzanine pour bien comprendre ce qui se passe et ce qui va se passer.

Scènes qui débuteront sur cette table d'ici un peu moins de 87 heures. Mon esprit rejette en bloc toute imagination de ses traits tordus de douleur.

Il ne veut pas anticiper l'insupportable. Il ne peut tout simplement pas. Comme une sécurité qui me garde d'aller tout droit à l'asile d'aliénés.

Il sait que je le suis déjà. Et pas qu'un peu. Et il continue quand même de me protéger.

Je ne sais pas si je vais pouvoir éviter de remplir l'un des seaux déjà en place à proximité de la table d'opération.

Je teste la bouche d'évacuation sous la table : fonctionnelle. Le liquide et le fluide pourront être évacués. Un peu de javel pour l'ADN.

Dans le fond de l'atelier, le four ultra haute température. Il servira d'incinérateur pour faire disparaitre toutes traces solides.

Un bidon d'acide en complément pour tout le minéral issu de la combustion. Pour le métal, bijoux, dents, prothèses éventuelles, tout sera fondu et débarrassé en déchetterie.

La bile me brûle toujours les entrailles. La perspective de ce four et de la fin certaine ne cautérise aucune plaie de mon estomac.

Le seau qui me suit reste atrocement vide. Je suis une ordure. Mon esprit ne s'émeut de rien quand il se lance dans la mécanique. Je me dégoute.

J'ai envie de me pincer. De me mordre. De me frapper. De me couper un membre pour vérifier si je fais encore partie d'une espèce à sang chaud.

Je ne cherche même plus à savoir si j'appartiens encore au genre humain. Je sais que je suis une sous-espèce dégénérée. Je l'ai entendu.

Mais au moins, s'il me reste encore du sang chaud et gluant qui circule dans les veines sous ma peau.

Ou n'est-ce déjà qu'un quelconque liquide de refroidissement pour la monstrueuse machine que je suis devenue.

Robot implacable qui va faire le pas maudit. Le pas qui va m'éloigner à tout jamais de l'être humain que j'ai pu être à ma naissance.

Papa, Maman, votre enfant avait déjà pris des chemins infâmants. Je m'apprête désormais à prendre celui qui permettra de tirer un trait définitif sur mon acte de naissance pour un reniement sans appel.

Vingt heures dépassées d'un peu plus de quarante-cinq minutes. Je disjoncte le compteur jusqu'à lundi et l'arrivée de Francis.

Je ferme toutes les portes et enferme pour le week-end tout ce que je peux de la saloperie qui me bouffe les tripes.

L'air est doux dehors. Le ciel se pare de rose orangé. La vibration de cette fin de journée est étonnamment calme.

L'enfer a refermé l'une de ses portes derrière moi. Au moins pour les prochaines heures.

Mon sac de voyage sur l'épaule, avec les quelques affaires requises. Ce n'est pas ça qui me rendra plus présentable auprès de Louise.

Je marche un peu pour la retrouver à son club à deux pâtés de maisons de là. La sélection a été exigeante.

Petite salle qui sent bon la sueur. Pas vraiment un dojo. Quelques belles initiatives pour s'en rapprocher.

Sur le tatami, Louise en combat. Elle est en position contre celle qui semble être la sensei du lieu.

Je savais qu'elle prenait des cours depuis qu'elle était arrivée ici. Maintenant je sais qu'elle sait se battre.

Elle se bat très bien même. Mon cœur bondi dans ma poitrine. Jusqu'à la douleur.

Son combat se termine. Le cours se termine. Je n'ai pas bougé d'à côté de la porte. Contre le mur.

Après le salut, elle se tourne vers moi, elle me sourit. De ce sourire qui me fait me sentir à nouveau parmi les vivants.

De ce sourire qui rallume spontanément la flamme. De ce sourire que je veux contempler à l'infini.

Est-ce que j'aurai aimé qu'elle se jette à mon cou ? Nous aurions sans doute passé l'âge si cela avait été un jour sa manière de faire.

Elle ressort rapidement du vestiaire. A peine une douche rapide. Ou son sourire m'a débarrassé de toute notion du temps ?

Nos joues se frôlent. Elle sent terriblement bon.

Direction un resto sympa sur le plateau central. Nous refaisons connaissance. En douceur.

Les derniers moments de nos vies respectives encore inconnus de l'autre se racontent. Nos pieds se touchent.

Elle me demande si les retouches qu'elle a faite sur mes derniers modèles me conviennent. Je lui dis qu'elles sont parfaites.

Elle connaît a priori très bien la patronne. Ce qui a tendance à m'exciter autant qu'à m'agacer.

Et puis nous sortons et marchons jusque chez elle. Nous continuons à retendre le lien qui s'était distendu d'une si longue absence.

Nous prenons notre temps. Nous parlons. Nous regardons le ciel noir. Nous faisons des détours. Nous nous asseyons sur un banc. Nous écoutons la voix de l'autre.

Elle me dit ses dernières aventures. Ses dernières amours. Ses dernières expériences. Je lui raconte les miennes. Nos mains se serrent fort.

Nous profitons de la fraicheur de la nuit. Nous éliminons la fatigue de la journée. Elle est belle cette ville la nuit.

Enfin, le hall de son immeuble et les dernières marches. L'entrée de son appartement.

Le petit clac rassurant de la porte qui se ferme. Nos lèvres se collent instantanément. Avec envie. Nos langues se mêlent avec fougue.

Nos vêtements tombent au sol. Nos mains caressent nos corps nus. Nous redécouvrons nos endroits spéciaux. Nos lieux de plaisirs.

Avec un doigt. Avec une langue. Avec un sexe. Avec un jouet. Nous nous faisons découvrir nos nouveaux endroits issus de nos dernières pratiques.

Certains révèlent de nouvelles formes de plaisirs. De nouvelles sensations encore inconnues.

De nouveaux échelons gravis sur l'échelle de Jacob que nous croyions avoir déjà montée ensemble. Nous y avions déjà rejoint Dieu.

Certains de ces endroits restent aussi vain que de vouloir faire jouir une quille de bois.

Nous partons dans des éclats de rire rédempteurs. Nous permettant de reprendre un peu de souffle.

De boire un peu d'eau. Avant d'aller de nouveau goûter au nectar et à la sueur de l'autre personne.

Le soleil est déjà bien planté dans le haut du ciel quand nous nous arrêtons de refaire connaissance.

Les bras en croix. Le regard au plafond. Encore trouble. Le cœur peinant à faire circuler le peu de sang qui restent dans nos veines.

Le ventre palpitant encore de toute cette jouissance assouvie. L'entre jambe doucement douloureuse. Laissant s'écouler les dernières gouttes de plaisir.

Les jambes remplacées par du coton, incapables de supporter le moindre poids. Et sur les lèvres, un sourire idiot de béatitude comblée.

Je me tourne vers elle et pose ma tête sur sa poitrine.

> — Je ne sais toujours pas ce que cela veut dire. Je t'aime.
> — Je ne sais pas non plus. Je t'aime aussi.

Le corps, la tête et l'esprit légers, nous nous endormons loin du monde.

L'après-midi est déjà passée quand mes yeux se rouvrent. Mon corps est vide et me porte d'un souffle hors de la chambre jusqu'à la cuisine.

Louise est là. Sous le tablier, elle porte une culotte couleur ivoire. Presque ton sur ton avec sa peau.

Si ce n'est les couleurs intenses de ses tatouages, je n'aurais pas prêté attention à sa culotte. Et l'aurait crue nue.

Sa poitrine est laissée libre et ses jolis seins pointus me narguent autant que la poêle et la casserole.

Elle prépare ce qui est nécessaire pour nous recharger en sang et en vigueur nouvelle.

> — Tu as de nouveaux tatouages.
> — Tu ne les as pas vu cette nuit ?
> — Je ne les regardais pas.
> — J'ai fait graver quelques trucs, oui. Je suis condamnée au col claudine, aux manches longues et au tailleur si je ne veux pas les montrer en dehors d'ici. Pour les mini-jupes, les bras nus et les décolletés, ce ne sera que quand je serais prête à les exposer. Pour l'instant, je suis dans la phase intermédiaire.
> — C'est le bouquet de grosse fleurs rouge sur ton épaule que je regarde le plus. Il passe sur ton sein droit et sur ton omoplate également.
> — J'ai voulu guérir.
> — La tige part de ta cicatrice au poignet.
> — Oui.
> — Longue tige qui remonte le long de ton bras pour éclore dans un rouge écarlate.
> — Tu as trouvé ?
> — Quoi ? … tu sais la botanique et moi.

> — J'aime quand tu me regarde et m'inspecte comme ça, avec tes yeux scrutateurs cherchant à déchirer le voile pour voir vraiment.
> — Rose grosse comme un chou ?
> — Tu y es. Ton intuition…
> — Elle me coute chère aussi…
> — Et tout ce que tu as fait rentrer dans ta petite cervelle. Tu la gaves encore ? Que t'apprend ton téléphone de plus ?
> — Beauté. Epanouissement. Guérison. Vieille recette abortive…
> — Tout est dit…

Sa voix tremble encore quand je la sers dans mes bras. Ses yeux embués me ramènent au récit des cicatrices sur ces deux poignets. A son envie de disparaître après avoir été rejetée et humiliée par celle qu'elle voulait être sa première et véritable histoire d'amour. 15 ans est un âge naïf. 15 ans est un âge cruel. La vouloir se faire rééduquer par 15 petits connards rameutés par cette amie chère. Ma gorge reste nouée.

> — … c'est aussi un symbole de masculinité prisé par les samouraïs. Tu en es digne. Tu es la fille la plus forte que je connaisse. La voie de ton sabre est si claire.

De longs mois d'hospitalisation. Un avortement. Il paraît que c'est la musique qui lui a permis de vraiment basculer sur autres choses.

Les Stooges. Et puis tout le punk. J'avais dû lui faire écouter.

Je l'ai rencontrée à l'hôpital. J'y faisais soigner un bras cassé en combat. Ce fut le début de notre amitié. Avant de passer à des phases de sexe intense.

> — Les couleurs sont très réussies. Le vert et le rouge sont chouettes. Avec les jaunes, les oranges et les

bleus que tu as ailleurs sur le corps, cela commence à faire une belle toile.

— Te force pas non plus ! C'est gentil quand même, j'apprécie. Tu sais, avec celui-là maintenant, je me sens enfin complète.

— Ceci dit, il restait plus beaucoup de place pour te compléter. Heureusement que tu as choisi le bon cette fois.

— Espèce de…

— Attention ça brule dans la poêle.

J'aime la voir sourire aussi sincèrement. Même après les Stooges, même après avoir accepté de se mettre à poil et d'avancer nue, les blessures restaient douloureuses.

Il a fallu bien des baumes apaisants pour qu'un peu de vie germe à nouveau.

— Et toi, tu as de nouvelles plaies ?

— Oui, mais elles ne me complètent pas encore.

— Ta joue bleuté ?

— Tu as remarqué ? Une fille originaire de Pézenas.

— Elle frappe fort.

— Pas elle, une bande de tocards qui voulait lui enlever ce que sa mère avait défendu jusqu'à se mettre à dos toute sa famille.

— Qu'est-ce qu'ils peuvent avoir de si précieux à Pézenas ?

— Son clito ! madame la précieuse.

Merde, je n'aurais pas dû ramener la discussion dans cette direction. Ça va me revenir en pleine gueule.

— Tiens, j'ai eu des nouvelles de Marie par ma Mère.

Mon sang se fige. Mon visage doit être encore plus pâle que d'habitude.

— Tu veux dire « cette Marie » ?

— Oui, celle-là.

— Putain… tes pivoines ont un vrai pouvoir pour que tu en parles comme ça. Moi je ne peux pas encore.

— Tu sais l'Empathique, c'est moi qui ai subi cela, ne le porte pas pour moi. Après vingt ans tu me diras… Mais, c'est ma douleur. La tienne doit disparaître quand je te souris comme ça. C'est ta récompense.

— Mmmh ?…

— Bref, elle vit toujours avec le mec qui l'avait engrossée. Ils ont tous les deux une vie de merde. Leurs quatre enfants leur ont été retirés. Ils accumulent toutes les galères les unes après les autres. Dès qu'ils pensent relever la tête, c'est une autre qui leur tombe dessus. La dernière, c'est le toit de leur petite maison qu'ils n'arrivent pas à rembourser qui s'est écroulé, bouffé par les sagittaires. Alors qu'il n'y en n'a pas dans la région. Tu te rends compte ?

— De rien du tout. Tu sais que je ne lui souhaite que du mal. Si tu arrives à pardonner maintenant, moi j'en suis incapable… C'est ce qui fait que tu iras au paradis et moi en enfer.

— Excuse-moi. Je ne voulais pas te blesser. Juste te dire que pour moi c'était fini, je peux dire son nom, je peux en parler sans me mettre à trembler, à avoir froid, à avoir la nausée, à … tout ce que tu as vu jusque-là. J'aimerais tellement que tu puisses le faire toi aussi. Je vois à tes lèvres pincées que c'est encore trop tôt. Désolé…

— …

— … N'empêche, j'ai des fois l'impression d'être la tombe de Toutankhamon. Tous ceux qui étaient là pour me violer ont reçu comme une malédiction. Et moi, maintenant, je vais bien.

— Tu es beaucoup plus belle que la momie de Toutankhamon !

— SAL…

— Ah ah ah ! laisse-moi manger, mon estomac n'arrive pas bien à digérer quand il est vide…

La malédiction. C'est peut-être sur moi qu'elle est tombée quand je l'ai rencontrée.

Ce sont d'abord les images de l'Eté meurtrier[11] qui me sont venues en tête. Je ne voulais pas qu'elle devienne comme le personnage d'Isabelle Adjani.

Et moi non plus. Ce sont ensuite celles de Sleepers[12] qui sont apparues à leur sortie. Et avec elles, ma vocation. Et j'y ai développé un putain de talent.

Je les ai tous retrouvé, un à un. Je leur ai pourri l'existence, fait de leur vie un vrai seau de pus et de vomis.

Et je leur ai enfoncé la tête jusqu'au fond. Certains ont bien été échangés contre d'autres dettes.

D'autres ont eu leurs petits secrets crasseux déballés au grand jour. D'autres encore ont accumulé les mauvais choix, ou ce qu'ils pensaient être un choix.

Bref 14 sont morts et enterrés. De mort pas chouette du tout. 1 est interné et lobotomisé.

Quant à cette Marie, je ne rate pas une occasion de lui faire une petite surprise. Les enfants ne sont pas responsables de cette conne. Ils ont droit à pouvoir faire leur propre choix.

Malgré la liste complète depuis de longues années, la soif de vengeance ne m'a pas quitté.

A chaque nouvelle rencontre avec Louise, avec ses blessures, je trouvais une nouvelle surprise pour Marie.

---

[11] L'été meurtrier, film de Jean Becker - 1983
[12] Sleepers, film de Barry Levinson - 1996

Et je m'enfonçais un peu plus dans la fosse que je me suis creusée. A la fois Rune Balot et Oeufcoque[13]. J'exulte de vengeance et me vide de mon peu de vie.

Voir Louise aujourd'hui lumineuse de l'autre côté du fossé me fait dire que ma damnation en valait la peine.

Nous mangeons de bon appétit. Quelques produits de la mer. Quelques produits de la montagne. Un repas complet.

Un repas délicieux. Elle sait vraiment prendre le temps de rendre les choses bonnes. Même quand je suis là pour lui faire brûler ses préparations.

La conversation est partie sur des sujets plus légers. Nous rions. Nous profitons de ces instants-là.

Nous débarrassons et faisons la vaisselle. Nos corps se frôlent. Nos bouches se jettent l'une contre l'autre. Nous faisons l'amour sur le sol de la cuisine.

Je la fais jouir. Je la prends. Elle jouit encore. Puis c'est elle qui me prend. Son visage sur moi. Mes mains sur ses seins. Sur ses fesses.

Elles soutiennent leurs mouvements. Je la sens venir en moi avec son extension. Je vois son visage qui retient le désir.

Je mords ma lèvre inférieure pour me retenir encore. Je la distingue à peine. Mes yeux ont du mal à saisir pleinement une image.

Je jouis déjà. Je veux l'attendre. Ses narines s'écartent. Sa nuque se raidit. Ses épaules commencent à vibrer.

Les phalanges de ses doigts blanchissent. Je ne me retiens plus. La jouissance nous emporte. Si totalement que je l'éclabousse jusqu'au menton.

---

[13] Marudukku sukuranburu: Asshuku (Mardock scramble – the first combustion), film de Susumu Kudo – 2010

La nuit s'alonge encore de nos ébats. Et nos êtres las de nouveau finissent par se laisser prendre dans les bras de Morphée.

La sensation de sa bouche sur mon front lève mes paupières.

— Debout petit loir. C'est balade aujourd'hui.

Nos corps nus sous la douche. Je voudrais que demain ne vienne pas. Que ma présence ici n'ait comme seul but de rester là avec elle.

Je pourrais presque oublier que l'existence n'a pas de sens et lui donner celui de passer cette existence avec elle.

Mais Red. Mais son histoire. Mais la mienne. Mais tous ces connards dehors. Je ne veux pas lui faire revivre ça.

L'imaginer à la place de Red me remplit d'une rage qui ne s'apaise que par sa jouissance.

Je veux profiter de ces dernières heures encore à ses côtés. Le reste attendra.

Elle met un jean noir et un débardeur. Son cuir sur lequel tombent ses cheveux arranger en fille presque modèle. Et une paire de chaussure de rando ?

> — Oui, désolé, là où je t'amène les Docs sont déconseillées. Ni les converses non plus.
>
> — Et mes boots ?
>
> — Tu chausses toujours pareil ? 44 ?
>
> — A priori, je crois que ma croissance a fini par s'arrêter. Et à force de garder les mêmes chaussures depuis l'enfance, mes pieds se sont définitivement déformés pour garder la même taille qu'un petit bouton de lotus. Rajoute une demi-pointure pour éviter l'ongle incarné.
>
> — Je t'avais prévu un 45, avec les chaussettes qui vont avec.
>
> — Qu'est-ce que je t'ai fait pour que tu m'infliges ça ?

Avec beaucoup d'imagination. Et en faisant abstraction de cet artéfact tyrolien qui me tient déjà chaud aux pieds. Je pourrais me dire que j'ai des rangeots. De loin. De très loin.

Tellement pas moi. Sacrifice pour être avec elle. Même marcher sur des tessons de bouteilles en ballerine pour allonger le temps en sa compagnie.

Nous descendons récupérer sa voiture. Moi en position inhabituelle à la place passager.

Les rues défilent. Avec leurs boutiques. Si peu de monde le dimanche matin avant 11h. La place où chevauche Vercingétorix. Et de nouvelles boutiques.

    — Elles ont quelles âges les bonnes femmes ici ?

    — …

    — Parce toutes les boutiques ont l'air d'être faites pour tata Jeanine de 1950.

    — T'as remarqué aussi.

    — Putain… celles des mecs aussi. Nan ! c'est pire, c'est le vieux garçon de 1930.

    — C'est la ville du durable et de la longévité !

    — Yek yek yek… Où tu m'emmènes ?

    — Dans les hauteurs. Je sais que cela n'amènera aucune couleur à tes joues, et ça ne peut pas te faire de mal.

    — T'en est où de ta trilogie ?

    — Trilogie ?

    — Celle des Hindous ?

    — Ah ! Les deux premiers tomes sont déjà en autoédition.

    — Tu m'avais rien dit.

    — Parce que tu lis maintenant ?

    — Salope…

    — Le troisième est toujours en cours.

    — Ce sont donc Moksha et Dharma qui sont disponibles ?

— Dharma, l'intellect, Lou Reed et puis Moksha, l'esprit, David Bowie.

— Reste Kama, Iggy ?

— Oui, Iggy Pop, l'iguane candide.

— Bientôt dispo ? Celui-là je le lirais peut-être.

— Je te dirais bien oui. Le boulot me prend presque toute mon énergie. Et puis je bricole sur d'autres sujets en ce moment.

— Lesquels ?

— Un en particulier. A mes heures perdues. En lien avec la mobilité. Les espaces scalaires de Higgs.

— Le déplacement sans masse ?

— C'est toi qui le dis. C'est peut-être effectivement une piste. Est-ce que le photon arrive à cesser d'interagir avec ces espaces scalaires pour aller à la vitesse de la lumière sans avoir une masse infinie ? Si oui, c'est peut-être le chemin vers le voyage intersidéral. Et sur terre, le déplacement instantané, la téléportation.

— Et ton centre de recherche ultra moderne, il te permet d'avancer sur le sujet ?

— Tu sais que si je te le dis, je devrais te tuer immédiatement.

— Alors dis le moi vite, s'il te plait.

— Nan. Je te garde pour moi encore un peu.

— Cruelle.

— …

— En parlant de ça, tes copains de l'impression 3D médicale, ils sont ouverts à partir de quelle heure ?

— Qu'est-ce que tu veux remplacer ? T'es malade ?...

— Non, non, t'inquiète pas pour moi, c'est une commande.

— Je savais bien que ta présence n'était pas l'envie soudaine de me voir… même si j'adore te voir apparaître comme ça sans prévenir.

— Tu n'as pas une vieille bouteille où tu pourrais m'enfermer pour me faire sortir quand tu veux ? En la frottant comme il faut. Je crois que je pourrais supporter ce genre d'existence. Apparaître dès que tu le souhaites, puis disparaître quand tu en as fini avec moi.

— Nouveau sujet de recherche enregistré.

— Dis-moi Louise Stark, tu iras où quand tu pourras te téléporter ?

— Sans doute chez ma grand-mère. Le climat devrait être un choc pour moi, mais c'est là d'où je viens. Je crois que j'aimerais voir la steppe, la terre où sont mes racines.

— Mon cœur vient de se briser, j'aurais pas dû poser la question.

— Et puis au Japon aussi, pour y rester aussi longtemps que possible. De la folie urbaine aux campagnes reculées, des zones méridionales aux neiges du Nord, de la mer aux montagnes, de la haute technologie aux pratiques artisanales ancestrales. Et à ce moment-là, j'aurais ma bouteille pour t'avoir avec moi chaque instant.

— …

— Tu sais que c'est pour moi la patrie du punk, autant que l'Angleterre.

— … ?

— Oui ok, d'accord, le punk n'est pas né en Grande-Bretagne. Officiellement ! Mais me dis pas que ça n'en est pas le véritable berceau.

— Tu sais, moi je me fie aux faits, rien qu'aux faits.

— Je sais que derrière ton insensibilité tout holmésienne bat un petit cœur sensible. Je l'ai souvent senti.

— Gnagnagna… N'empêche, les MC5.

— Helter Skelter !

— Classé heavy metal !

— 1968 et 1968.

— Comme The Stooges au carré. Pour la création.

— N'empêche, le Japon fonctionne quasiment comme le Royaume-Uni. Avec un Empereur, même si l'Empire est un peu passé de l'autre côté de la Manche. Une société hyper codifiée, voire carrément guindée. C'est une île, certains espèrent un archipel. Ils détestent qu'on vienne les faire chier chez eux et vous rejettent à la mer illico. A part 10 66 pour Guillaume. Et 1 274 pour Kubilai Khan sur quelques îles. Le même modèle pour les universités. Les mêmes clubs indéchiffrables. Un certain sens partagé de l'absurde et du non-sens. Et le même art de l'excentricité poussez parfois jusqu'au n'importe nawak. Enfin, la même subversion intérieure du no future et du punk pour envoyer tout ça balader… Bref, j'irais là-bas pour y rester aussi longtemps que possible, même si mes tatouages m'empêcheront d'en profiter pleinement.

— C'est vrai que tu seras considérée comme une véritable Geisha.

— Tu aimes non ?

— J'adore !

— …

— …

— … Avec mon sujet de recherche sur Higgs, je continue dans mes expérimentations quantiques et sur l'approche de la vibration.

— Tu fais beaucoup de voyages astraux en ce moment ?

— Plutôt oui, j'essaie au moins une fois par semaine, des fois trois ou quatre. Le voyage quantique. J'essaie de suivre une vibration et de me laisser porter, jusqu'à ce que ce soit ma propre vibration. Tu sais que nous ne sommes que vide, avec très peu de ce qu'on peut appeler matière. Que tout cela s'agence d'une manière ou d'une autre autour de vibrations. Je ne suis même pas sûr que tu voies la même chose que moi… Dans ce virage par exemple, il y a des arbres très droits, un peu de roche, une espèce de haie à la sortie, la crête des montagnes et le bleu du ciel ensuite.

— Très poétique comme description.

— Laisse mon côté scientifique énoncer les faits comme il l'entend.

— A ton tour Sherlock.

— Et bien, ce que je t'ai décrit de la manière la plus factuelle possible, sans fioriture, je suis quasiment sûre que tu ne le vois pas de la même manière que moi. C'est-à-dire que la manière dont je me représente les couleurs, les formes, les verticales et les horizontales, est différente de la tienne.

— De la difficulté de se comprendre vraiment.

— Et nous avons développé une grammaire commune qui nous permet de parler et de nous entendre sur le fait que nous voyons bien la même chose. Et c'était une nécessité. Sinon, nous serions tous restés incapables de nous comprendre. A nous battre sans arrêt à ne pas savoir ce que les autres disaient. Ou perdus dans notre solipsisme définitif, les autres n'existant pas de fait, n'ayant aucune réalité puisque ne pouvant être compris. Aucune société possible. Juste un ensemble d'individus vivant l'un à côté de l'autre sans communication et ne pouvant même pas se reproduire !

« En fait, il y a *des* grammaires. Et ces grammaires sont partagées par un ensemble de personnes. Sinon ce serait une idiosyncrasie.

— J'aime !

— Chaque grammaire nous permet d'accepter une compréhension commune. Comme 1 + 1 = 2 ou 10 suivant le type de nombres que l'on utilise, entiers ou binaires. Ce qui dans ce cas est bien la même chose avec deux grammaires différentes. Ou comme un concept philosophique qui va t'amener à une compréhension du bavardage tout à fait différente de ce que tu entends quand tu n'as pas la réalité de ce concept. Et là, c'est à croire que certaines grammaires sont inventées pour exclure ceux qui n'y ont pas accès. La multiplication de grammaires d'experts, aussi absconses qu'obscures. Hermétiques, dans tous les sens du terme, nécessitant autant une éducation, qu'une initiation et une cooptation pour te laisser accéder au sens de ces grammaires. Ou au contraire, donnant tous les atours de la simplicité et de l'évidence d'un bon sens qui serait commun à tous. Certaines définissant un corpus de défiance et de victimisation dont le seul but véritable est la division de la société. Former des micro-sociétés, des communautés qui s'éloignent petit à petit les unes des autres. Se protéger, affronter la peur de l'autre, de l'altérité, de la différence, de son altérité, avec un petit groupe exactement comme soi. Se posant systématiquement en contre une pseudo-grammaire dominante, allant essentiellement à l'encontre d'une grammaire universaliste, avec laquelle nous avons tenté de nous rapprocher pour essayer de nous comprendre. Même si certains tentent encore de promouvoir un universalisme macho-européo centré. Et nous arrivons à un stade où ces grammaires sapent cet universalisme et travaillent à défaire des milliers d'années de tentatives pour nous comprendre. Comme si nous étions las de vivre ensemble. Comme si nous arrivions à la fin de quelques choses avec certains qui seraient devenus de trop. Et il y aurait même une grammaire du génocide[14], de celle que les lemmings sont capables d'utiliser pour pousser la moitié d'entre eux au suicide pour le plus grand soulagement de l'autre moitié.

— Je la connais… Et la vibration dans tout ça ?

— Eh bien, il y a peut-être une autre théorie possible sur le fait que nous nous accordions ou nous nous soyons accordés sur la même grammaire. C'est que nous percevons la vibration qui circule dans ce vide que nous voyons plein de matière. Indépendamment de la manière dont nous nous la représentons, nous percevons la même vibration.

— Tautologie ! ce sont bien les différentes longueurs d'ondes que nos yeux, nos oreilles et sans doute nos autres sens perçoivent. Après quelques étapes intermédiaires.

---

[14] Genocidal organ, film de Shûkô Murase - 2017

— Tu te fais l'avocat du diable.

— Je le fréquente de trop prêt.

— Ce sont d'autres types de vibrations dont je te parle, de celles qui nous obligent à basculer vers le quantique quand on ne sait plus l'expliquer avec des choses simplement basiques, physico-physiques, à la limite électro-biologico-chimiques. Mon intuition est que ces vibrations ne sont justement pas perceptibles sans s'ouvrir au voyage. Ce sont les bases de notre imagination. Puisque nous pouvons percevoir ces vibrations sans les « voir » lors du voyage, pour les ramener avec nous et finalement les faire apparaître, leur donner forme, corps pour nos yeux basiques. Et ainsi les partager avec d'autres. Pouvoir raconter une même histoire autour de ce que nous rapportons du voyage. Et des personnes différentes, très éloignées les unes des autres, chacune sur son continent, peuvent percevoir la même vibration, faire le même voyage. Je l'ai déjà expérimenté. Et cela va permettre une codification analogue qui nous donnera une compréhension commune de cette réalité.

« Ça reste encore un peu flou non ? C'est très clair dans mon esprit, pourtant tenter de te le verbaliser me fait dire qu'il me reste encore du travail avant de le rendre intelligible. Ce que j'essaie de m'expliquer en même temps que je te parle, c'est que le voyage nous a permis de vérifier que nous parlions de la même chose. Parce que nous sommes aller à la même source, la même vibration. Que c'est là que nous avons touché la réalité. Et que nous pouvons en conclure que le paysage que je t'ai décrit est bien universel à sa façon, que nous l'imaginons de la même manière et qu'il va nous apporter des émotions assez proches, provoquant une vague pensée romantique pouvant nous amener à une espèce de volonté très militante de sanctuarisation, ou à une vision de l'éphémère beauté du monde que nous avons la chance de capter le temps d'un interstice minuscule dans notre courte vie, ou nous amener à vouloir revenir à une vision plus solide, plus concrète de l'existence et fuir ce paysage trop incertain. Cela dépendant sans doute du niveau de tel ou tel élément chimique présent dans notre organisme à ce moment-là.

— C'est pour cela que le voyage commence par l'imagination ?

— Peut-être… mais tu sais, tout est finalement quantique. La vérité est quantique. Elle existe dans plusieurs états simultanément. Et c'est clairement l'observateur qui influe sur l'état de ce qu'il voit en la regardant. Ce qui permet de valider le fait que chacun a *sa* propre vérité. La liberté est également quantique. Là c'est un autre phénomène. Puisque pour tous les observateurs, dès que la liberté est observée, elle a disparu, alors qu'elle est bel et bien là, hormis là où l'on regarde.

— J'adore la voix douce avec laquelle tu me dis tout ça. A croire qu'il pourrait y avoir intrinsèquement de la mélancolie dans la science…

— C'est là ! Garde ton souffle, il va falloir crapahuter maintenant.

La voiture garée, nous partons par un chemin balisé et nous nous élevons encore plus pour côtoyer les nuages.

Petit exercice pratique de la marche selon Nietzsche, avec le souffle un peu plus court par moment. Vitalisme essoufflé.

— …Et si tu continues dans tes recherches sur le voyage quantique, tu pourrais revenir dans le temps ?

— … Sans doute… Tu veux réécrire le passer ?

— Oui…

— … Je ne crois pas que le passé puisse être changé. Ce qui est arrivé est arrivé… C'est peut-être notre ignorance sur ce qu'est la matière du temps qui me fait dire ça… ce qui nous caractérise est la manière dont nous survivons à nos épreuves, de ce que nous en faisons… Pour prendre un terme à la con, notre résilience… Comme le dit Hannibal[15], ce sont nos cicatrices qui font que le passé a existé… Les miennes me le rappellent tous les jours… et je veux vivre avec pour devenir… pour rester… pour être moi.

— ..Tu es toi parce que tu es toi… l'histoire n'y fait rien…

— Sans doute… mais le catalyseur… ce qui fait que les choses… se révèlent ou pas…

— Putain ça grimpe là… Pas forcément besoin… de le faire de la manière la plus dure…

— Ce qu'ils m'ont fait… je ne peux pas l'enlever… En revanche, je peux choisir ce que j'en fais… et ce que je deviens… avec cette marque indélébile… Je ne suis pas morte ce jour-là… je ne sais toujours pas pourquoi…. Et voilà ce que je suis devenue… Je ne te dis pas que la voie douce ne m'aurait pas suffi… Je ne suis pas fan de la douleur… et repenser aux heures les plus dures… continue de me faire souffrir.

---

[15] Red Dragon, film de Brett Ratner – 2002

Pourtant, être là, maintenant, avec toi… profiter de ce paysage fabuleux, je ne suis pas sûr de vouloir y renoncer… Même pour avoir une vie beaucoup plus facile…

— …

— C'était un test… pour vérifier si avec mes pivoines… j'avais vraiment basculé, hein ?

— Peut-être…

— Ouf !... C'est plus plat maintenant. Fini la grimpette… Changer le passé pour risquer de ne pas te rencontrer… non merci ! Toi, je sais que tu ferais le sacrifice en forçant même ton sourire.

— Moi, sans hésiter une seconde, je m'empêcherais de naître.

— Tu ne penses vraiment qu'à toi !... Je ne te dis pas que si nous maîtrisions la technique, peut-être que je recombinerai les éléments pour ne garder que le meilleur. Ce qui ne veut pas dire que je te garderais.

— Ben non, puisque je ne serais plus là, débile !

— C'est toi qu'est vraiment débile !

Comme deux gosses, nous nous mettons à courir en nous poussant dans le dos. Schrek[16] et Fiona dans toute leur splendeur.

Après avoir suivi le chemin balisé, en hésitant à quelques intersections, nous avons bifurqué entre les arbres.

Puis à travers champs en réussissant à passer les barbelés sans nous déchirer. Et encore entre les arbres. Sans plus de marque de chemin.

Et finalement, déboucher sur un spectacle hors normes donné par une clairière et son petit lac.

---

[16] Schrek, film de Andrew Adamson et Vicky Jenson – 2001

Loin du monde. Loin de tout passage. Forces telluriques encore intactes.

> — C'est un collègue pêcheur qui m'a fait découvrir cet endroit. Nous avons sympathisé au cours d'une formation. Une de ces formations dont je t'ai déjà parlé, celles qui m'ont aidée à mieux me connaître et à continuer de me construire. L'endroit appartient à son père. Et il m'a fait jurer de n'en jamais révéler la position, ni même parler de son existence à quiconque. Je lui ai dit qu'il n'y avait qu'une seule personne à qui j'aurais envie d'offrir cette découverte et qu'il n'y avait pas de risque qu'elle en parle ensuite, elle est perdue dès que le bitume a disparu.
>
> — C'est pas faux.
>
> — Il m'a fait jurer.
>
> — Donc profite de ce cadre extraordinaire. En plus, le soleil est là et passera bientôt à notre verticale…

Avant qu'elle puisse répondre, j'avais déjà laissé tomber le sac à dos, le cuir, jeté mon T-shirt, baissé mon jean et mon slip, enlevé les groles de marches à cloche pied et en moins de cinq secondes j'étais à poil à me baigner.

> — Ah ! elle est glacée ! Putain que ça fait du bien après toute cette marche. Tu quittes ton armure Tony Stark et tu viens te baigner ?
>
> — Pas d'armure moi. Je suis comme l'homme d'Epiméthée.

Une minute après, elle plongeait avec moi dans l'eau froide.

S'éclabousser. Nager. Surtout moi. Chahuter encore. Avoir les lèvres bleues et tremblantes. Vite sortir se chauffer au soleil.

Nos corps nus. Côte à côte. A même l'herbe encore grasse malgré le soleil écrasant. Elle a même prévu la crème pour les coups de soleil.

Quelques insectes pour nous faire chier. Pas assez pour nous empêcher de vraiment profiter de ces instants.

    — Pour moi, si tu m'apprenais à maîtriser le voyage dans le temps, je le combinerais pour ne vivre que des instants comme celui-là.

    — Tu finirais par te lasser peut-être, on est vraiment loin de la ville là, tu sais ?

Je lui donne une bourrade dans l'épaule.

    — Sinon, l'affaire est entendue et je m'efface avant que d'être.

    — RIP Dany.

    — Même pas RIP, puisque je n'aurais jamais été. Donc pas besoin de me reposer. En paix ou ailleurs.

    — …

    — C'est tellement inutile tout ça. Tellement vain. Ça n'a aucun sens. Littéralement aucun sens. Sur les presque 60 heures que nous passons ensemble, je n'aurais que quelques courts instants à enlever. Quelques instants où ma tête n'a pas voulu s'arrêter pour m'empêcher de rester avec toi. Mais autour de ces 60 heures, c'est tellement vide, tellement chiant, tellement pénible, que franchement ça ne mérite pas d'être vécu. Et j'aimerais me dire que tu es le sens de ma vie. Mais tu nous imagine tous les jours ensemble ? Moi à attendre que tu sortes du taf. Dans ta ville toute grise. Je pète un plomb en une semaine, ou c'est toi qui me mets à la porte avec pleurs et violons. Non merci non plus. Le coup de la lampe de génie, je ne dis pas. Toutes autres options, khalass.

    — Peut-être grise, mais humaine ma ville… Et ça ne te mets même plus en colère quand tu le dis.

    — …La colère… elle est toujours là. T'as vu la couleur de mes yeux ?

— Bleu.

— Tu as vu la couleur de mes cheveux ?

— Blond.

— Tu as vu la couleur de ma peau ?

— Blanche, tendance petit lait.

— Salope… Et le type de mon visage carré ?

— Caucasien.

— Pour ne pas dire Aryen. Et mes parents, ils étaient de quelle obédience ?

— Chrétiens. Catholiques ?

— Tu le sais déjà, j'avais pas dix ans que je savais déjà toutes les putains de saloperies de conneries que des salopards de connards de merde avaient commis en mon nom. Même pas la chance d'atteindre dix ans. Déjà avant, je sentais le poids d'un boulet qu'il me fallait tirer sans que je puisse le voir. Qu'est-ce que tu dois faire quand t'es gosse et que ça te tombe sur la gueule ? T'as envie de pleurer, de hurler, de tout casser. Et ces cons d'adultes autour de toi en ont rien à battre de tes états d'âme. Il te regarde l'air emmerdés et n'ont rien à te dire d'autre que t'es trop jeune pour savoir vraiment de quoi tu parles que tu dois te laisser grandir et que tu n'es pas responsable. Putain de rage qui s'échappe de toi sans que tu puisses la retenir. Trop jeune mon cul ! Et si je ne suis pas responsable, pourquoi ils l'ont fait en mon nom ? pour moi ? Chierie… Ça m'a amené aux arts martiaux. De là vers toi… C'est peut-être la réalité de ce lieu, sa plénitude. Mais il n'empêche que c'est toujours là. Cette putain de colère. Contre moi. Contre les autres. Contre le monde entier. Et s'il existait celui-là, contre Dieu lui-même, putain d'apprenti sorcier. Non tu vois, je ne la crache pas, elle sort plus tranquillement, ma colère, elle est toujours là. Et quand je commence à m'apaiser, à me dire que c'est mieux, y'a toujours un putain de reflet pour voir ma face ou une chiotte d'info pour me dire que ce monde est tout à fait sensé et qu'il a un but ! Pour nous rendre complètement malade mentaux et rendre tout tout à fait laid.

« Cette putain de merde est toujours avec moi. Partout. Tout le temps. Ces putains de saloperies de conneries. Elles continuent à se déverser sur nous comme une chiasse obèse de choléras morbide. Et avec ça, il faudrait continuer à se lever le matin ? Continuer à sourire ? Continuer à dire que je vais super bien ? Putain, sans cette colère qui me brule les tripes, je pourrais même pas ouvrir les yeux pour regarder le monde en face. Sourire, putain de merde. Sourire parce que ça n'a pas de sens. Sourire parce que la colère à tout fait péter et a pu libérer un peu l'enfant. Je crois que je l'ai libérée. Elle m'habite toujours. Ça reste souvent mon meilleur carburant. Avec elle, je peux regarder le monde partir en couille et sourire parce qu'il y a un rayon de soleil dans un arbre, ou une couleur incroyable dans le ciel. Et réussir à me contenter de *ce* moment-là. Les autres moments peuvent aller se faire foutre en attendant. Comme être là avec toi. J'en profite à me faire exploser les sens. Les putains de saloperies de conneries n'ont pas disparu, tant pis pour elles. Moi, là, je suis avec toi. Et j'ai envie de te sourire.

« La colère est toujours là, même libérée. Une putain de boule dans mon ventre qui ne s'en va jamais. Et quand je dis que je pense à chaque instant que ma vie devrait s'arrêter, que quelqu'un tourne le bouton sur stop, je ne suis même pas en colère. C'est tout à fait lucide, calme, avec beaucoup de recul, en souriant, de pleine conscience que je trouve que tout cela n'a absolument aucun sens et ne devrait pas nous être infligé.

— … c'est comme ça que tu vois le sourire de Bouddha, ironique ?

— Et le plus con chez tous ces salopards de connards de merde, c'est que ces merdes d'yeux bleus et de cheveux blonds, voire de peau blanche, c'est qu'une putain de dégénérescence génétique, pas viable.

— Et ils ont tous un ancêtre commun[17] qui était noir comme l'ébène et c'était retrouvé tout con avec ces yeux bleus en plein soleil.

— …Putain de Bouddha… oui, il se fout bien de notre gueule. Comme Léonard de Vinci. Ils nous disent que ce monde est vain et qu'il n'y a que les fous pour se convaincre du contraire.

— Tu élimines la possibilité de la compassion ?

— C'est pareil… ou non, ce serait pire encore. Avec l'ironie, ils nous parlent d'égal à égal, comme si nous étions capables de comprendre, ils nous en laissent la chance en tout cas. Avec la compassion, ils se diraient seulement « les pauvres, c'est dur, mais je peux les comprendre, eux non, mais je leur prends une partie du poids, je suis au-dessus d'eux, je suis au-dessus de tout ça. Gnagnagna… » J'en ai rien à battre de la compassion. L'empathie derrière l'ironie me suffit. Et suffit à me faire dire que tout

---

[17] Daprès les recherches de Hans Eiberg de l'université de Copenhague (Note de l'auteure)

cela est inutile. Et pourtant il faut avancer avec ça puisque la mort nous ignore encore.

— Vieillir sans être adulte.

— Mon doux Amour…

Elle est tournée vers moi, sur le ventre, légèrement redressé sur ses bras, son visage presqu'au-dessus du mien. Je devine ses fesses sous ses pieds repliés.

— Je crois que j'ai trouvé ce que je n'aime pas dans le fait d'être adulte.

— C'est qu'ils n'écoutent pas leurs gosses !

— Faut dire qu'avec les questions que tu leur posais…

— Méchante !

— C'est qu'ils ont oublié qu'ils ont été gosses. Qu'ils sont persuadés que leur vie a démarré quand ils sont devenus adultes, que toute leur vie se résume à avoir été adultes.

— Ouai, qu'ils oublient qu'eux aussi on fait les mêmes conneries que leurs gosses.

— Qu'ils ont vécu les mêmes choses qu'eux, qu'ils ont ressentis les mêmes choses, qu'ils ont eu les mêmes reflexes, avec des moyens différents et ils ne savaient pas plus comment s'y prendre à ce moment-là.

— Qu'ils se sont posés les mêmes questions qu'eux, et ont sans doute oublié de trouver la réponse.

— Pour les bourgeois, c'est oublier d'où on vient, en pensant qu'on a toujours été comme ça.

— Et pour les cons ? Nan, on est toujours le con de quelqu'un.

Son visage encore un peu plus proche. Ses yeux dans les miens. Je regarde sa bouche bouger quand elle parle des adultes et des bourgeois.

Je réponds machinalement. Je ne pense qu'à sa bouche. Je ne vois que ses lèvres remuer avec grâce. Mes yeux remontent vers les siens.

— J'ai envie de toi.

— Alors sers-toi !

Il est déjà tard quand nous regagnons la ville. Nous passons encore une nuit ensemble.

— Tu pars demain ?

— Oui, en même temps que tu partiras au boulot.

— Tu reviendras ?

— Oui.

Je la sers contre moi. Fort. Très fort. J'aimerais me fondre en elle. Ne plus être. Juste une vague présence collée à la sienne.

Être toujours, en permanence avec elle. Même dans ses autres relations sexuelles. Être là et jouir de sa jouissance à elle.

Ne plus être qu'à travers elle… Malgré tous mes efforts, mon corps reste loin du sien.

A peine un souffle entre nous tant je sens sa chaleur contre la mienne. Pourtant à des années lumières. Nos corps restent séparés.

Nous faisons encore l'amour. Avec une passion toujours inassouvie. Je jouis encore de tous ces moments.

Et puis je sens que je me déconnecte. Déjà les heures graves reviennent. Déjà je la perds dans le Maëlstrom qui va arriver.

Elle dort profondément quand je me lève.

Je me frotte fort sous la douche. Je ne veux pas la mêler à tout ça, même par une pensée à laquelle me ramènerait ne serait-ce qu'une toute petite étincelle de son odeur.

Je lui écris un mot pour la remercier encore et encore, pour lui dire, toujours sans en connaitre le sens, que je l'aime.

Pour lui dire de ne pas s'attacher à moi et de continuer sa vie comme si je n'allais jamais revenir.

Pour m'excuser de lui avoir dit que je la verrais encore ce matin, d'avoir profité de sa crédulité pour lui permettre de dormir profondément.

La porte d'entrée claque une nouvelle fois quand je suis dehors. La partie de l'enfer que j'avais enfermée vendredi soir m'attend là.

Il m'entoure d'un froid glacial. Tous mes membres se raidissent. Comme interdits par ma volonté de ne pas aller vers ce rendez-vous ignoble.

Comme tirés par les forces infernales, mes pieds se mettent en mouvement et avance vers l'inéluctable. Con de corps.

Et ainsi, se brisait le dernier sceau qui protégeait encore le peu d'intégrité presque humaine que je voulais garder.

Un muscle de ma jambe qui se contracte. Mon visage qui frotte dans la flaque noirâtre où je patauge.

Putain de corps. Réflexes à la con. Tentative de survie débile. Toi aussi laisse-toi aller et laisse-moi partir pour de bon.

Des hoquets qui font des bulles qui explosent à la surface. Mon corps totalement désarticulé et inerte qui voudrait reprendre une position moins ridicule. Arrête, arrête, arrête mon tout doux. Nous nous sommes bien amusés. Jusqu'au bout, tu as pu te déployer et battre l'air sans entrave, une dernière fois. Maintenant, il est temps de partir.

Laisse-toi bercer par les cordes profondes, par la vibration sourde qui t'emmène dans une douce léthargie. Un sommeil profond t'attend, ce ne sont pas quelques secousses hypnagogiques qui vont l'empêcher. Plonge dans cet océan profond. Le poids n'a plus aucune importance, la position non plus. La lumière s'estompe de plus en plus, le froid nous engourdit complètement. Les notes sombres nous attirent plus profondément encore. Plus rien n'a d'importance. Même plus le taux d'acidité lié au manque d'oxygène. Il y a tellement de trous partout et j'ai déjà recraché tellement d'acide… Plus d'appel pour t'obliger à respirer de nouveau. C'est bien, repose-toi enfin, on en a terminé avec tout ça.

Quelques petites bulles s'échappent du coin de ma bouche. Saloperie de chienne de vie. Pourquoi tu t'accroches encore à cette merde de monde.

Je traverse quelques rues désertes dans le petit matin. Tombe sur des colleurs posant leurs revendications sur quelques vieilles pierres.

Je n'ai pas le temps de les dépasser qu'ils détallent dès qu'ils s'aperçoivent de ma présence.

Quelques slogans anti-spécistes réclamant la libération des animaux d'élevages, nos égaux, l'arrêt de la consommation des espèces animales et la vie pacifique en harmonie avec toutes les espèces.

Oui, peut-être que si j'avais passé toute ma vie sur le bitume, je me laisserais convaincre facilement.

Avoir passer quelques temps chez un fermier et d'autres dans quelques endroits très loin de tout bitume, j'ai plus de doutes.

Que les animaux, comme les végétaux soient des espèces qui ont autant de caractéristiques que la nôtre, en matière de communication, d'empathie, de protection, cela est dans l'ordre des choses.

Qu'ils nous considèrent comme un repas potentiel ou une menace à éliminer, cela est également dans l'ordre des choses.

Intégrer les animaux, voire les végétaux, dans un utilitarisme où la vie de quelques êtres humains serait à mettre en balance avec celles de plus d'animaux ne fait définitivement pas partie de l'ordre de mes choses.

Priver Louise des quelques aides chimiques non renouvelables auxquelles elle a eu accès au motif de ne pas faire d'expérimentation animale, putain non.

La voir enfermée comme hystérique privée de considération humaine dans une machine à faire crever pour interdire tous progrès au détriment d'une partie du reste du vivant, putain, toujours non.

La priver de moment comme hier par risque de se faire écraser par un troupeau redevenu auroch, putain, non et non.

Je ne sais même pas combien de centaines d'individus sont décédés de notre plaisir sur l'herbe, putain, encore non.

Quant à demander à Louise de cuisiner de l'extrait de tubes à essai pour ne rien prendre au vivant, putain de bordel, non.

Et se battre pour des bestioles quand il y a encore tant d'êtres humains plongés dans des monceaux de saloperies de conneries de merdes, putain faut arrêter, c'est non.

Putain de cerveau qui se réveille avec des conneries pareilles au lieu de me laisser dans les doux souvenir des bras de ma douce.

La marche a semblé plus rapide et moins pénible. Je suis devant le parking trois kilomètres plus loin.

Je récupère une camionnette de location. Direction la gare pour récupérer Francis. Etonnamment, il est également gros et barbu.

Sa chemise à fleur froissée par le voyage déborde son bermuda cargo aux poches trop remplies.

Un sac en bandoulière et une valise technique à la main. Il est encore tout endormi.

Je lui paye le petit déjeuner au buffet de la gare. J'en profite également. Entre ceux pressés par leur départ. Et ceux qui flânent pour tuer le temps.

Et moi, qui ai juste l'envie de continuer de flotter. Que le voyage dure encore un petit peu. Ne pas déjà arriver à destination.

Nous échangeons peu de mots. Ce qui me va très bien pour démarrer les quarante-huit heures qui viennent.

Il sort fumer. Rentre finir son café. Se pose deux minutes. Et ressort fumer de nouveau. Le blockhaus sera une dure épreuve pour son addiction.

Besoin de refaire le tour de la gare pour récupérer le véhicule au bout de ce non-sens urbanistique.

Et compter sur le GPS à jour pour ne pas faire trente-six fois le tour des sens-uniques pour retrouver la direction à suivre.

Zone artisanale. Loueur d'équipement pour scènes et tournages. Portiques. Lumières. Réflecteurs. Caméras numériques. Fond vert. Banc régie. Micro perche. Bande adhésive. Et câbles. Des kilomètres. Deux paires de gants.

Arriver dans l'atelier. Camion débarrassé. Matériel dans l'entrée de la salle centrale. Reste qu'à l'installer.

Nous montons les portiques et le fond vert. Nous réglons les lumières et les réflecteurs pour avoir les meilleures images.

Nous montons le banc régie sur la mezzanine. Il n'a plus qu'à installer les caméras, les micros et brancher le tout.

Moins d'une heure pour le montage, ça ne devrait pas prendre plus de temps pour le démontage. Le reste sont les réglages. Sans incidence sur le délai de nettoyage.

Je reprends le camion pour aller chercher les derniers éléments nécessaires à pouvoir passer les deux prochaines nuits dans un confort minimal.

J'en profite pour prendre quelques mètres de corde qui me seront utiles pour compléter l'opération.

Je passe récupérer la commande à l'atelier de fabrication médicale. Ils me regardent avec suspicion.

Ils me félicitent pour la qualité des modèles fournis. Me disent que la commande est très inhabituelle.

Ils insistent sur ce sujet. Je leur raconte un bullshit pour qu'ils me lâchent la glacière sans appeler la police.

Le festival international du court-métrage permet de donner de la vraisemblance. Les créditer au générique finit de les convaincre.

En passant, je m'arrête prendre un plat à emporter encore fumant. Ce sera le dernier repas chaud avant les sandwichs pour les prochains.

Retour sur le lieu. J'installe les trois matelas dans un des bureaux en mezzanine. Le mini congelo coffre.

Et un mini frigo pour garder la bouffe et les boissons au frais. La cafetière et les kilos de café. Et les grandes bâches plastique…

Nous mangeons sur un bout de table. Pique-nique improvisé encore tiède. Je récupère tout dans des sacs poubelles à la fin. Je deviens maniaque.

J'aide autant que je peux Francis à terminer ses réglages. Il n'a pas vraiment besoin de moi.

Il teste le drone qu'il sort de sa valise. Il peut le piloter directement depuis la régie. Le déplacer et basculer sur la caméra embarquée.

Son mac pour commander l'ensemble et faire le montage. Vive l'air du digital. Plus d'efficacité. Moins de monde. Ultra léger à transporter.

Je passe dans mon bureau. Travaille de mon côté. Klaus est bien en route. Le personnage principal a mordu à l'hameçon.

La nuit arrive. Francis continue ses préparatifs dans son aquarium. Déjà totalement imprégné de goudron. Perfectionniste jusqu'au bout.

Je me pose sur l'un des matelas, sous un plaid. Francis viendra à côté si le sommeil le prend. Déjà deux cafetières descendues.

Je me réveille avec le son d'un moteur mal réglé. Il ronfle dans mes oreilles. Même tourner sur le côté.

Je ressors dans la première enceinte. Me rince la figure. Et profite de l'air plus frais pour finir de me réveiller. Le corps, la tête et l'esprit.

Je change de T-shirt, de slip et de chaussettes. Le soleil est déjà levé. Je vérifie la porte arrière. Je sors récupérer le colis devant la porte.

Je le mets à l'écart. C'est maintenant l'heure de récupérer le dernier acteur avant l'arrivée de la star du film.

Dans le petit aéroport de province, je récupère Klaus. Le type le plus banal qui soit.

On dirait un consultant haut de gamme en voyage d'affaire. Casual chic sobre. Une petite sacoche en cuir à la main. Des mains très normales. Presque douces.

Une attitude tout à fait rassurante. Un air imprégné et détaché. Un front respirant l'intelligence.

Un visage rond sans être gros. Une bouche charnue sans être épaisse. Un nez droit sans être agressif. Non plus séduisant.

Des yeux calmes très droits. Sans être trop rapprochés. Ni trop perçants. Ni trop insistants.

Il passe inaperçu au milieu de la clientèle d'affaire dans l'aérogare. Fondu dans le décor. Energie puissante. Il se garde de la déployer. Un léger frisson dans le dos.

Le mal dans toute sa banalité.

> — Le réalisateur est déjà sur place. Le colis sera livré à 9h40. Début du tournage à 10h00. Votre train pour le retour partira à 11h30 demain. Voici les billets avec l'avion à Lyon. Tout ce que vous m'avez demandé est déjà installé, même vos crocs vous attendent.

> — Bien, tout est bien planifié, fidèle à votre réputation.

9h25, nous sommes sur place, Francis c'est déjà remis au travail. Il descend pour expliquer les différentes caméras et la lumière.

Klaus lui explique les grandes étapes du déroulés de ses opérations. Ils se mettent d'accord sur les derniers détails.

Francis lui demande si le bourdonnement d'abeilles du drone ne le gênera pas.

> — Je mets des écouteurs de toute façon.

> — Je pourrais vous contacter par ce moyen alors ?

— Oui, ça doit être possible.

— Donc début avec un gros plan sur le visage et zoom sur la bouche pour les dents ?

— Commencer par les dents c'est important, une par une, ça met tout de suite en condition, en gardant bien le plan jusqu'à ce que je coupe la langue pour éviter tout étouffement ultérieur.

9h40, j'ouvre les grandes portes qui donnent sur la rue. Une berline noire recule à l'intérieur jusqu'au fond. La porte de la seconde salle est close. Je referme les portes.

Le chauffeur ouvre le coffre sans sortir[18]. Une jeune femme y est attachée avec une bande adhésive sur la bouche. Elle a déjà beaucoup pleuré et s'est uriné dessus.

Je la sors de là avec Klaus. Ses yeux sont en quête éperdue de réponses. Leur absence augmente encore son affolement.

Elle ne peut que se débattre en vain. Klaus la fait entrer sans que l'ouverture de la porte ne donne d'indice au chauffeur.

Je scanne le QR code collé à l'intérieur du coffre. Entre les infos pour la transaction en bitcoin et appuie sur ok.

Je retourne ouvrir les portes extérieures. Le coffre est déjà refermé sans que le chauffeur eu bougé de son siège ni quitter l'avant de son capot des yeux.

La voiture ressortie, les portes se referment une dernière fois. Verrouillées avec de lourdes chaînes.

Je fais les dernières vérifications pour m'assurer de tout risque de fuite et rejoins le lieu de tournage.

La fille est en place. Elle hurle. Elle questionne. Elle cherche mon regard. Je passe sans la regarder.

---

[18] D'après Le transporteur, film de Louis Leterrier et Corey Yuen – 2002

Je monte rejoindre Francis se préparant pour le remake d'Apocalypse now[19], version longue non censurée.

Nous suivons les ultimes préparatifs de Klaus. Il s'assied sur un tabouret à roulette. Il met ses écouteurs. Prend un premier shot de café.

Une espèce de cloche tibétaine tout à fait incongrue sonne derrière lui. 10h00. Début du carnage.

Je laisse Francis à sa table de travail. Klaus a commencé à la sienne. Et les cris sont déjà insupportables.

Je vais m'enfermer dans le bureau voisin de Francis. 24 heures à tenir. Dans cette ambiance sordide avec des cris atroces.

Même après la première séquence. Même sans langue. Même entrecoupés de bruit de bulles qui éclatent ou d'eau qui s'écoule. Ils restent atroces.

Si je fumais, un paquet par heure ne me calmerait pas. Je ne fume pas. Je ne me calme pas.

Boire pour oublier tout ça ! Je dois rester d'une putain de lucidité pour que tout ne parte pas en couille et que cette malheureuse ne souffre pas en vain.

Me concentrer sur la suite du plan. Bloquer mon intellect sur toutes ces petites tâches simples.

Cela m'évitera peut-être de virer totalement dingue, si je ne le suis pas déjà. Est-ce que sociopathe c'est assez malade ?

A la dixième heure, j'ai terminé ce qui m'incombait. Je sors du bureau où l'odeur de vomi est devenu irrespirable. J'ai beau avoir fermé le sac, ça pu grave.

Je ne sais pas comment ce malade arrive encore à la faire crier. Le cerveau humain aurait déjà dû rendre les armes.

---

[19] Apocalypse now, film de Francis Ford Coppola – 1979

Je ne veux surtout pas savoir comment il fait. Et je ne veux surtout pas savoir comment il a fait pour apprendre à le faire.

Francis a déjà monté les rushs des neuf premières heures. Je lui ramène sa troisième cafetière et il a déjà englouti dix sandwichs. Impossible pour moi d'avaler la moindre bouchée.

Uniquement tourné vers les images les plus saisissantes, celles qu'il s'autorise à monter, avec parfois un petit mouvement de joystick pour faire bouger le drone.

Le bruit des treuils se fait soudain entendre. Un râle muet monte. Et d'un coup, le craquement horrible. Et les cris terribles de douleur.

Je cours dans mon bureau pour vomir. Encore 14 heures à tenir !? M'injecter du mercure pour en finir…

Vite, m'inventer de nouvelles tâches à faire. Mon ordinateur. Faire quelques lignes de code. Générer quelques messages.

Travailler pour la dernière phase du plan. Se concentrer pour ne pas tout faire foirer. Pas maintenant. Pas après être allés aussi loin.

Je me réveille en sursaut, la tête presque collée sur la table métallique tellement j'ai bavé la bouche ouverte.

Quelques râles se font encore entendre. De même que des craquements. Des claquements. Des déchirures. Des coupures. Des écorchements.

Des bruits d'outils qui sont posés ou pris. Je pourrais tous les reconnaître. Je m'efforce de ne pas y arriver.

Je vais pouvoir commencer le nettoyage. Un peu plus de 2 heures encore. Ça veut dire presque 22 heures et elle continue de vivre… Quelle saloperie. Red, je te hais ! je te hais ! je me hais…

J'allume le four, il lui faudra un peu plus d'une heure pour arriver à température. 1 800 degrés.

Je remonte passer mon bureau au détergent. Je ne lésine pas sur la dose. Aucune trace ne doit rester. Jamais il n'aura été aussi propre.

Je mets tous les chiffons avec les sacs à vomi. Je les descends avec les emballages de sandwichs, déjà 30.

J'ouvre la porte du four. En quelques instants, il ne reste que des cendres. Et une odeur qui deviendra de plus en plus prégnante et envahissante au fur et à mesure du nettoyage.

Pour masquer, je laisse une céramique remplie de cuivre qui va brûler pour le voisinage.

Je vide l'espace nuit et passe les 3 matelas par l'entrée du four. Tout est nettoyer là-haut également. J'asperge de javel pour les cheveux qui échapperaient à l'inspection.

La dernière touche de Francis est de faire le générique sur les restes de la pauvre fille passant la porte du four. Tout le matériel et les outils utilisés par Klaus l'accompagnent.

Puis la récupération des cendres. Elles sont dissoutes dans l'acide. Et versées enfin dans le caniveau.

Moins de trois heures après la fin du tournage, tout est nickel. Plus aucune trace. Klaus est parti immédiatement prendre son train.

Francis a terminé le montage et m'a livré la clé avec les 24 heures. Et une autre avec tous les rushs en bonus.

— Le director's cut.

Je jette un œil au four. Je suis sûr qu'il est encore assez chaud pour y passer sa grosse carcasse dégueulasse.

Il prend la camionnette pour rapporter le matériel loué. Il fera un détour par la déchèterie avec une fausse carte de l'agglo.

Il ramènera la camionnette à l'agence. De là, il prendra une petite voiture pour rentrer dans le sud.

Les portes extérieures restent ouvertes. J'ai besoin de sentir de l'air, même tiède. Tout plutôt que les relents toujours présents dans mes narines. Je sors un peu.

1 heure encore pour que le four soit suffisamment refroidi. J'ai rassemblé toutes mes affaires dans le coffre de ma voiture après avoir fait au moins vingt fois le tour complet de tous les recoins.

Je coupe le disjoncteur et sort enfin. Je referme une dernière fois les grandes portes. Et je remets la clé dans sa boite à code.

Les vitres grandes ouvertes en espérant qu'en roulant j'arriverais enfin à me défaire de cette odeur que je traine encore avec mon dégout.

Klaus a travaillé vraiment proprement. J'ai pu gagner presque 5 heures sur l'horaire.

En fait, je suis même plutôt en avance. Quand tout se goupille bien et que les professionnels sont à la hauteur de leur réputation.

Ce surplus de temps va me permettre de traiter une nouvelle affaire que j'ai mise en route durant ces 24 heures pour ne pas sombrer.

Je hais mon intelligence calculatrice et froide comme la mort. J'en chialerais si j'en étais capable.

Comme un chien à la portière, j'essaie au maximum de mettre mon nez par la fenêtre. Je me persuade que l'odeur finira par partir.

Je sais très clairement qu'elle va m'accompagner encore longtemps. Marque indélébile et invisible qui me rappellera ce que j'ai fait ces dernières heures.

Je roule pendant une grosse demi-heure. Jusqu'à l'endroit indiqué. Je fini par tourner dans une allée bordée de caravanes.

A mesure que je progresse, le nombre de personnes se rapprochant de la voiture augmente.

Je me retrouve devant une imposante villa avec une colonnade d'un goût douteux.

J'ouvre la porte. Je pose une botte par terre. Et je sors de la voiture. Je détonne vraiment au milieu de la foule[20].

Un ballon tiré en direction de ma tête. Amorti de la poitrine, je jongle avec les genoux et le renvoie en cloche d'où il vient.

La trace est clairement visible sur mon T-shirt. Je ne m'en préoccupe pas. Je demande à celui qui a l'air le plus vieux si J. est là. Une affaire à conclure.

Un jeune énervé sur le premier rang se met à m'aboyer dessus.

> — P'tain t'es qui ta ? D'où t'viens c'ça ? C'ment tu l'c'nnais J. ? Ç'qua ton t'uc ? Ç'ma qu'dit si s'n'en est'une d'faire ? T'piges ? Tu m'mont' d'ab ? Pis j'dis à J.. C'pris ?
>
> — Pour celle-là, je crois que J. préfère traiter en direct avec moi.
>
> — P'tain ! mais d'la me'de à l'place d'cerveau. J. y'traite pas 'vec les duglans. J'v'lide d'ab.
>
> — Et bien dépêche-toi de me lâcher et de valider parce que je repars et tu fais foirer l'occase à J.

Je le vois porter la main à sa taille derrière sa hanche droite sur ce qui pourrait être une flingue.

> — HEY J., C'EST DANY, TU VEUX LE TRUC OU PAS ?
>
> — P'tain j'te b'ûle.

Le flingue est sorti, pointé sur mon front. Les gestes se figent. Je suis en position pour parer et riposter.

La porte de la villa s'ouvre. Un gras du bide en peignoir et lunette de soleil apparaît. Je ne m'attarderais pas sur tous les autres clichés. Sauf les tiagues roses.

---

[20] D'après Snatch, film de Guy Ritchie – 2000

> — C'EST QUOI CE BORDEL Kevin ? J'ai un invité
> de marque et tu l'accueilles comme ça ? Putain d'fils
> de con. Tu ranges ça tout de suite et tu laisses entrer.
> Je l'attendais.

Kev s'écarte du passage l'air mauvais. Je lui fais mon plus beau sourire et quitte mes lunettes de soleil.

Installés dans un grand canapé de cuir écru, avec des napperons brodés sur le dossier. J. nous fait amener à boire et à manger.

Whisky blended, Cardu, café, vodka et quelques biscuits pour le thé. Je n'ai pas l'estomac en état pour autre chose que le café.

La personne qui nous a apporté le plateau est sortie. J. descends un verre de blended. Respire. Me regarde dans les yeux.

Ses épaules se détendent. C'est le signal que je peux parler librement maintenant. Je vais droit au but.

> — La robe de Céline Dion lors de sa dernière à Vegas
> avec son nouveau titre « Flying on my own », c'est
> ça ?
> — Oui, exactement celle-là !... Je l'ai vraiment adorée
> dans cette tenue. Et la chanson… je crois que j'en ai
> pleuré. Après toutes ses années, c'était comme si elle
> disait finalement à René qu'elle pouvait de nouveau
> avancer dans la vie. Trois ans de deuil, c'est beau !...
> Snif… ça me prends encore aux tripes. Touche, j'en
> ai la chair de poule.
> — C'est vrai…
> — Elle est fantastique Céline. Elle me donne tellement
> d'émotions…
> — … Je vous la fait livrer ici ?
> — Vous pouvez vraiment l'avoir ?

— Je décroche mon téléphone et vous l'avez. Il me faut une adresse.

— C'est pas vrai. Celle qu'elle portait ce soir-là ? Vous pouvez vraiment l'avoir ?

— Oui. Une adresse ? Ici ?

— Pas ici ! Non, pas ici. Chez mon pote Fredo, au PMU, vous avez dû passer devant.

— Mondial Relay ?

— Oui, vous l'avez ?

— L'adresse ? oui. Maintenant la robe… Ça sonne… Quelle heure il est ?... Hum… heureusement c'est une lève tôt avec les jumeaux… Allo ?

— …

— Allo, Céline ?

— …

— Oui, c'est Dany.

— … … …

— C'est ça, très bien merci.

— … … …

— Je vais très bien oui, et toi ?

— … … …

— J'ai entendu parler de ça oui…

— … … …

— Ça m'chauffe le cœur de t'entendre comme ça.

— … … …

— Oui, top.

— … … …

— Et maintenant que tu voles enfin de tes propres ailes…

— … … …

— Génial.

— … … …

— Great.

— … … …

— Top.

— … … …

— T'es la plus grande.

— …

— Après PJ Harvey et Chan Marshall pour moi, mais tu sais, les goûts et les couleurs…

— … … …

— Oui tu me connais.

— … … …

— Dur.

— … … …

— Et comment t'as fait ?

— … … …

— Trop cool.

— … … …

— La classe.

— … … …

— T'es over the top.

— … … …

— Pourquoi je t'appelle ?

— … … …

— Oui je me rappelle comment René était content.

— … … …

— C'était trop cute.

— … … …

— Oui, tu voulais donner plus.

— … … …

— En fait, c'est la robe dorée de Flying on my onw.

— … … …

— Les heures de Pilates !

— … … …

— T'as suivi mes conseils ?

— ... ...

— Ça me touche vraiment ce que tu dis.

— ... ...

— Attends je pose la question.
  « J. vous la voulez lavée ?

— Ça fait pas trop pervers si elle est pas lavée ?

— Céline…

— ... ...

— Oui, envoie-la comme ça.

— ... ...

— Nan, un huge fan.

— ... ...

— Il s'est fait faire les mêmes boots que les tiennes.

— ... ...

— Oui, ta tenue cow-girl.

— ... ...

— Je te texte l'adresse.

— ... ...

— Oui, bises.

— ... ...

— Merci, c'est gentil.

— ... ...

— Tu sais que j'adore que mes clients soient heureux.

— ... ...

— Son regard en disait long quand il a ouvert le paquet.

— ... ...

— Cute, vraiment.

— ... ...

— S'ils t'appellent je te laisse.

— ... ...

— Kiss.

— ... ...

— Tu veux en faire un à ce grand fan ?

— ... ...

— Je te le passe.

— ... ...

— J. c'est pour vous.

— Pour moi ? A…al-lo… Céline ?

— ... ...

— Merci, merci beaucoup !

— ... ...

— Je peux pas être plus heureux !

— ... ...

— Oui, je suis trop ému pour parler.

— ... ...

— Je…

— ... ...

— Mois aussi.

— ... ...

— Kiss ?

— ... ...

— Elle a raccroché… Elle m'a embrassé… elle m'a remercié… elle m'a dit plein de choses gentilles. Je lui ai parlé ! C'est le plus beau jour de ma vie… Le plus beau jour de ma vie ! MARIA !... CHAMPAGNE !

Il se jette sur moi pour me serrer dans ses bras. Il ne s'arrête plus. J'ai toutes les peines du monde à m'en sortir.

Il se lève finalement. Applaudi à tout rompre. Fait une sorte de gigue avec les talons de ses tiagues sur le carrelage. Se lance dans « My heart will go on » a cappella.

— Comptez une dizaine de jours. J'ai envoyé l'adresse. Je l'ai également envoyée à Mireille, son assistante. Elle a tellement de chose à penser que pour ces choses-là, il faut jouer la sécurité.

— Oh putain que j'suis heureux ! Mais que j'suis heureux ! Le plus beau jour de ma vie. Maria, le plus beau jour de ma vie ! Just'avant le jour où tu m'as dit oui… Me frappe pas. Mais que j'suis heureux putain, que j'suis heureux… Bon, un peu de sérieux maintenant. KEVIN !

— Si vous permettez J., j'avais un petit service à vous demander.

— Mais tout ce que tu veux. J'ai parlé avec Céline ! Alors tu peux tout me demander. Tout !

— J'en demanderai pas tant. J'ai juste laissé un coli à cette adresse et j'aimerais que vous me le gardiez 3-4 jours. Après, si t'as un camion qui descend du côté de Montpelle, si tu peux me le déposer ?

— KEVIN ! Quel genre ton colis ? encombrant ? volatile ?

— Plutôt lourd et collant. Il est pas tout neuf, je l'ai un peu abimé, mais il reste en assez bon état et ne devrait pas être pénible à garder.

— Y pèse ? KEVIN ! Putain qu'est-ce qui fout ce fils d'alcoolique ?

— Dans les 80 à vue de nez. Ça devrait pas être une difficulté pour Kevin en tout cas.

— Non, pour ce type de colis, c'est Mamuka qui s'en charge. 4 jours, je retiens 15% pour le *maintien* en état. Pour le reste, c'est ma façon de te remercier.

— J'aime que mes clients soient satisfaits.

— Alors t'as réussi. KEV… Ah putain te voilà enfin !

— Qu'ç'y'a ? Ç'qa ç't'faire ?

— Tu veux bien articuler p'tit con ! Descends prendre un des petits sacs et puis ramène Mamuka.

— Un petit sac ?

— Ouais ! Magne. Fils de débile.

— Bien papa.

— Putain de gosse. T'en as toi ?

— Je m'en préserve. Et je les en préserve également.

— J'en connais qui voudraient tout de suite avec toi si tu voulais. Même moche comme tu es avec ta dégaine horrible.

— Merci J. Les occasions ne manquent pas, c'est juste que mon sens de la famille est très restreint. Une, voire, dans le pire des cas, deux personnes majeures. Je n'ai aucun instinct pour perpétuer l'espèce.

— Ben t'es con…

— Tiens le vl'a l'sac… P'tain, lâche-moi. T'es même pas habillé. Arrête ! J'aime pas les câlins.

— Fils de simplet ! Prends cette adresse et va chercher le colis qui s'y trouve et tu le ramènes sur la route de Thiers. Avec Mamuka tu le gardes là 4 jours.

— La clé est dans le boitier à côté de la porte, le code est sur le papier. Le colis est derrière le bloc central.

— Bon, ben je te retiens pas plus. Ce fut un réel plaisir de traiter avec toi. Je sais que je t'en dois une, tu sais comment me trouver.

— Je le sais. Je garde le coupon pour quand l'occasion se présentera. C'est un plaisir de faire affaire avec un businessman.

Je sors à la suite de Kevin et retrouve ma voiture. Les gamins au ballon de foot me demandent de jouer avec eux.

Ils sont tous regroupés autour de mes jambes. Je m'accroupi pour être à leur niveau et me rappelle que je n'avais jamais de bonne réponse quand j'avais leur âge. Je n'en ai pas plus aujourd'hui.

— Pas cette fois les gars. J'ai un business à terminer. Continuez de vous entrainer en attendant.

— C'est un business pour J ?

Pour seule réponse je fais le signe de la fermeture éclair devant ma bouche en me redressant et en prenant un air aussi mystérieux que possible.

— Adieu.

— Adieu.

En redémarrant la voiture, les Fontain DC viennent comme une douche réparatrice après toute cette guimauve.

C'est au milieu de Hurricane Laughter que je quitte ce lieu surréaliste.

Autant mes oreilles saignent à l'écoute des chansons de Céline. Autant son côté sincèrement touchant m'attendrit toujours.

Au-delà même de la relation client-fournisseur, j'aurais presque envie de croire en son monde marshmallow de bisounours. Et je regarde autour de moi.

La rencontre avec Céline remonte à quelques années quand elle cherchait un traitement non commercialisé pour René[21].

Elle avait tout tenté. Malgré sa ténacité et son énergie hors du commun, il était impossible d'avoir la moindre chance d'en faire prescrire à René.

Elle a fini par trouver mon nom à fréquenter des personnes moins fréquentables. J'avais déjà une solide réputation.

Quand j'ai accepté l'affaire et que je lui ai fait la livraison lors d'une de ces escales à Paris, cela restera comme l'image la plus forte d'une cliente heureuse.

Sincèrement heureuse. J'ai presque cru que le bonheur pouvait exister pour de vrai.

Ces remerciements, sincères eux aussi, sont continus. Je m'en garde le plus loin possible.

---

[21] Cette scène est purement fictionnelle et ne reprend aucune action ou idée réelle des personnes citées. Note de l'auteure.

Les paillettes, le rose bonbon, les voix hurlantes policées… je ne voudrais pas les choper et perdre mon noir et blanc. Ni la sauvagerie des cris.

Je n'ai pas regretté d'avoir enfreint mon code en faisant la livraison moi-même. Elle n'était pas VIP pour moi.

Et il m'était difficile de la mettre entre les mains du type russe qui m'avait trouvé le produit expérimental. Pas après ce qu'il avait demandé en paiement.

« There is no connection available » termine la chanson.

J'ai pris par les routes de campagnes pour rejoindre l'A75 du côté de Coudes. Bonne entrée en matière.

Et maintenant, cap au sud. Les étapes du plan ici sont toutes terminées dans les temps. Les imprévus itou.

Récapitulons les étapes restantes. Retour, 5 heures. J'aurais besoin de plusieurs pauses pour rejoindre l'arrivée.

Repos ensuite. Nécessité absolue. 8 heures. Préparation de l'emballage du colis. De ma pomme. 16 heures. 2 heures de plus pour relier le repère du taré.

Un peu plus de 24 heures. Demain soir, le cauchemar sera enfin terminé. Même si la nuit promet d'être plus longue que prévue et chargée d'impromptus.

Le Cézallier. Ça n'en finit déjà plus. A ce rythme, mes yeux se seront fermés avant d'avoir atteint Séverac.

Finir dans un bel accident de voitures. Avec du sang sur les murs. Me retrouver dans de la tôle froissée. Avec un peu de chance, même pas identifiable…

J'en souris bêtement. En finir. De n'importe quelle façon. Sortir de ce jeu inutile et cruel.

De manière très lâche. Mais je m'en carre le cul !... Putain de Red. Louise… C'est encore ton souvenir qui m'empêche de sombrer dans le sommeil.

C'était il y a 27 ans. Je venais de me faire opérer pour recoller les morceaux de mon humérus gauche.

Après une nuit douloureuse et quelques heures matinales à me remettre de la nuit, je terminais dans les couloirs du service.

Visiblement, l'orthopédie et la pédiatrie était proche. Ou alors Louise s'était échappée un peu. Ou bien, c'est moi qui avais perdu mon chemin.

Dans un espace commun où se trouvaient quelques fauteuils au pied d'une télé, elle était là.

Emmitouflée tout entière dans son sweat à capuche gris, les jambes y compris. Seules en sortaient le bout d'une paire de pantoufles.

Et quelques bouts de doigts pour tenir l'ensemble très serré. Quelques mèches de cheveux très noirs émergeaient d'entre la capuche et ce qui devait être les genoux.

Je n'avais trouvé encore personne à qui parler. J'ai callé mes déjà 177 centimètres et mon 42 sur le fauteuil en face d'elle.

Ce qui passait à la télé était totalement inintéressant pour quelqu'un de mon âge en semaine.

J'avais 13 ans. Elle venait de fêter ses 15 ans.

 — Comment tu t'appelles ?

 — …

 — Moi je m'appelle Dany.

 — … Louise…

 — Pourquoi tu es là ?

 — …

 — Moi c'est parce que mon bras est cassé. J'ai fait ça lors d'une compétition de taekwondo.

C'était en fait du karaté, mais je savais que le taekwondo avait plus de chance d'attirer son attention.

Et ses yeux noirs sont apparus. Dans l'ombre de ses mèches.

 — Ouais, mon adversaire venait de me mettre au sol, et avant que ses pieds se retrouvent totalement en position, je lui ai fait une balayette pour le faire tomber. Je n'avais pas calculé que j'allais me retrouver sous lui dans sa chute. Les coudes en premiers sur mon bras. J'ai entendu un craquement. Les docteurs m'ont dit que c'était l'humérus qui était fracturé à deux endroits. Que j'avais de la chance parce rien n'était déplacé. Mais qu'il fallait me mettre des broches pour faciliter la réduction des fractures. Ça a pas l'air comme ça, mais sans ces bandages, j'ai plein de tiges métalliques qui sortent. J'ai l'impression qu'ils ont tentés la même opération que sur Wolverine et qu'ils n'ont pas fini d'enlever les injecteurs d'adamantium. Tu connais Wolverine des X-Men ? Avant, il s'appelait Serval. C'est assez cool en fait.

— …

— Et toi, pourquoi t'es là ?

— …

Après une longue hésitation, elle me montre les bandages qu'elle a aux poignets.

— Tu t'es cassé les poignets ?

— … non… suicide…

— Pourquoi tu t'es suicidée ?

— … tu veux pas m'lâcher maintenant ?

— Moi je ne comprends pas pourquoi on doit vivre. Je ne comprends pas pourquoi on doit s'infliger toutes les douleurs du monde et devoir continuer et continuer chaque jour qui passe. J'aurai vraiment aimé ne jamais naître, ne pas être là à vivre tout ça. Je ne comprends pas tout ça. Et y'a aucun adulte qui peux me répondre. Je crois qu'ils n'en savent rien non plus. Même les profs. Et ils se cachent en me disant que je suis trop jeune pour comprendre. Et ceux de mon âge, ils me trouvent débile de poser ce genre de questions.

— Ouais, t'es gole[22], c'est sûr.

— Pourquoi tu t'es suicidée ?

— …

Ça doit être la manière dont je la regardais, droit dans les yeux, en gardant une espèce de sourire naïf.

Ou elle en avait juste marre ou elle s'est dit que c'était la meilleure manière pour que je m'arrête de poser des questions.

Ce qui est certain, c'est qu'elle n'était pas du tout prête à en parler. Pas plus à moi qu'à son psy.

— Parce que je me suis fait violer par 15 mecs encouragés par la fille que je croyais aimer. Qu'ils m'ont battue, mise enceinte et abandonnée dans une cave. Que je n'ai pas réussi à le raconter à ma mère, ni aux flics qu'elle avait appelés, ni à aucune psy. Que j'ai dû avorter. Que j'avais honte de moi, de ma lâcheté et de ma faiblesse. Que je me sentais coupable et responsable. Que je ne supportais pas l'idée de devoir retourner au lycée pour croiser leur tête. Ni même de croiser la tête de qui que ce soit. Et surtout pas celle de ma mère qui n'arrêtait pas de pleurer !

— Alors je vais écouter encore plus mes senseis, apprendre encore plus de techniques et avoir encore plus d'expérience de combat pour ne plus me blesser et travailler pour que mon corps et mon esprit soient beaucoup plus forts. Comme ça, je pourrais te protéger.

— … Tu sais que t'es vraiment gole ?…

Après un vague étonnement dans son regard humide, je crois que ses yeux ont arrêté un instant d'être tristes.

---

[22] Wayne's World, film de Penelope Spheeris – 1992

Nous avons passé beaucoup de temps ensemble après ça. Presque tout le temps où nous n'avions pas de soin ou de visite. Jusqu'à ma sortie.

Mon frère m'avait apporté les derniers X-Men et quelques Strange. Et une compil avec les Stooges, les Sex Pistols, les Clashs, les Ramones… ça a été une révélation.

Pour la première fois j'entendais des gens exprimer sans fard leurs colères. Il était possible, même autorisé de crier sa colère.

Et en plus, c'était bien. Nous l'avons beaucoup criée avec Louise. Et régulièrement les infirmières nous demandaient d'arrêter.

Après ma sortie, j'ai continué à aller la voir. Durant ma convalescence. Entre les cours et les entrainements. Pendant les vacances. Jusqu'à ce qu'à son tour elle puisse sortir.

Une voiture qui freine devant moi. Elle me sort temporairement de mes pensées. Une petite remontée d'adrénaline.

Le Gévaudan. Cette route n'en finit pas. Mes paupières sont toujours lourdes. Qu'est-ce que je donnerais pour les fermer. Même si c'était pour la dernière fois.

Le flot continue. Les kilomètres s'enchainent sans réellement capter mon attention. Je compte.

Je compte dans ma tête pour garder le cerveau éveillé. Je calcule le temps qu'il me faudra pour atteindre la prochaine destination kilométrée.

Montpellier 166 kilomètres. Sans ralentissement, 83 minutes, disons 90 avec le pas de l'Escalette. Et une pause café. 105 alors.

Aire de l'Aveyron dans 20 km. A ma vitesse actuelle, pas besoin de calculer :10 minutes, un chouillat moins.

Je compte les secondes pour arriver jusque-là. Compter jusqu'à 600. Est-ce que cette cervelle molle va y arriver sans s'arrêter en cours de route.

1. 2. 3. 4. 5. 6. 7. 8. 9. … 42. 43. 44. 45. 46. … 72. 73. 74. …

Aire de repos. A deux pas du château. D'abord les toilettes. Rinçage des mains. Un peu d'eau sur le visage. Il en faudra plus pour me réveiller.

Deuxième arrêt après l'Aire de Lafayette. J'aurais besoin de plus temps pour réussir à repartir.

Commande du café au comptoir plutôt qu'à la machine. Je prends également de quoi manger un peu. Besoin d'énergie.

A une table. Très peu de monde. Après-midi qui se termine. Hors vacances. Seuls quelques naufragés de la route.

Tous avec ce même regard un peu hébété. Comme perdus sur une île. En dehors du monde. En dehors du temps.

L'épuisement qui me guette rend la scène encore plus fantastique. Les choses les plus simples semblent totalement extravagantes.

Chaque scène que j'observe prend des atours totalement romanesques. La moindre conversation, le moindre regard raconte une histoire.

Je mets longtemps à émerger. J'ai envie que les flots restent à me balancer. Sentir qu'ils me portent. Encore un peu plus.

Et après de longs instants sans volonté, retourner dans le flot rapide. Prendre une bouteille d'eau. De quoi grignoter également.

Je remonte dans la voiture. Le claquement de la portière me ramène dans mon monde.

Je sais de nouveau pourquoi je suis là. Finir le plan. Le démarreur relance également la musique.

Je reprends le compte là où il s'était arrêté. 587. 588. 589. 590. 591… Le ruban de goudron roule de nouveau.

Chaque parcelle de mes sentiments de notre première rencontre sort de ma mémoire en haute définition. Il y a tellement longtemps.

Je lui avais fait cette promesse sans vraiment y réfléchir. Sans rien calculer. Sans doute aussi parce que l'un de mes maîtres de l'époque m'avait dit qu'il fallait reconnaître sa peur, sa tristesse pour les utiliser comme des signaux qui déclenchent les bons réflexes et permettent la victoire.

La colère qui m'a immédiatement vrillée les tripes à l'énoncé des faits bruts qui l'avaient amenée dans cet hôpital, avait sans doute amené à cette réponse instinctive.

Et spontanément, j'avais su que cette colère ne s'apaiserait que lorsque je serai devenu la personne que j'avais décrite.

Et que lorsque j'aurais pu mettre ces quinze connards et cette connasse dans un état pire que le petit oiseau blessé que j'avais en face de moi.

Cette autre promesse, je savais que ne devais pas la dire. Personne ne devait savoir. Elle était muette. Autant à Louise qu'à moi.

Un autre de mes maîtres me disait qu'il fallait s'asseoir au bord de la rivière pour y voir passer le corps de son ennemi.

Impassible en face de Louise, en même temps qu'elle disait que j'étais débile, mon intellect était déjà à calculer comment amener tous ces connards dans la rivière.

Ce fut sans doute là le début de ma vocation. Trouver le truc introuvable pour la personne qui en a besoin.

Et je savais déjà que cette vocation n'était qu'un pis-aller au fait que la mort se tienne encore à l'écart de moi.

Jusqu'à ce qu'elle se décide à venir me prendre, ce serait ce que je ferais avec toute l'application et tout le professionnalisme dont je pourrais faire preuve.

La première personne que je me devais de satisfaire, c'était moi. Et j'avais des exigences vraiment incommensurables.

… 1 524. 1 525. 1 526. 1 527. 1 528… Le compte a continué en autopilote. Le Viaduc de Millau bientôt. Quelques virages à négocier.

Et me voici à presque 300 m au-dessus du sol. Ça ferait une belle envolée. Aucune chance de passer le parapet avec ce véhicule.

… 1 612. 1 613. 1 614. 1 615. 1 616… Encore un peu plus de 50 minutes à tenir avant de m'affaler pour dormir enfin dans des vrais draps.

Le Larzac. Le soleil commence à décliner plus visiblement. La chaleur ne laisse pas de place à la fraîcheur. La nuit sera encore chaude.

La sensation de la sueur dans mon dos ne fait que rajouter au poids sur mes yeux et à l'envie de les fermer.

La sensation de la sueur dans mon dos projette son image sur mon parebrise en cinémascope kodacolor®.

Notre premier baiser. J'étais en terminale. Brillante, Louise était en troisième année de physique. Elle avait rattrapé l'année d'avance qu'elle avait perdue.

Dépaysement vers un lycée éloigné. Un internat et de vraies méthodes pour accompagner une lycéenne avec son histoire.

Nous avions continué de nous voir. De nous écrire. De nous appeler aussi souvent que possible.

J'avais déjà réussi à faire interdire Marie d'épreuves. Elle avait été chopée en train de pomper pendant les maths du baccalauréat.

Tous ses profs étaient tombés des nues. Une si brillante élève. Avec de si bons résultats. Et qui semblait si honnête.

J'avais réussi par quelques truchements souterrains à la mettre en relation avec une as de la pompe aux techniques de fraude imparables.

Durant toutes ses années de lycée, elle avait réussi à avoir d'excellents résultats grâce à ces techniques.

Par d'autres truchements, le rectorat avait fait des études sur les dernières techniques de fraude.

Le surveillant de son épreuve de mathématiques avait dû remplacer au pied levé celle qui devait officier.

Celle-ci avait été appelée en urgence la veille au soir parce que son fils avait fait une mauvaise réception à l'aïkido.

Et, par un étonnant hasard, ce surveillant remplaçant était la personne qui au rectorat avait mené l'étude sur la fraude. Ce hasard des fois…

Je m'étais pris un de ces putains de savon pour la prise que j'avais faite sur le fils de la prof.

J'avais calculé qu'en retombant sur le dos avec la vitesse, en plus du souffle qui serait coupé, le choc cardiaque qui en résulterait amplifierait l'arythmie déclenchée par le coup que je lui avais porté quelques instants plus tôt et le mettrait KO pour une dizaine de minutes.

A son âge, une mise en soin intensif serait immédiatement décidée pour au moins 24h.

Sa mère se devrait de passer la nuit entière à son chevet. Elle demanderait un remplacement pour ses obligations du lendemain. Aucune séquelle ne serait détectée.

J'avais 16 ans à ce moment-là. Je mesurais déjà 1m90, j'étais encore très maigre.

Il en avait 17. Il devait mesurer 1m78. Et il était plutôt bien proportionné avec pas mal de muscle. Peut-être un peu trop sûr qu'il pouvait me mettre au tapis.

A l'époque déjà, je traînais beaucoup avec des mecs qui traînaient avec des nanas qui traînaient avec d'autres nanas qui traînaient avec d'autres mecs qui …

J'avais déjà rassemblé beaucoup d'informations et commencé à construire plusieurs pièges pour voir enfin passer le premier corps dans la rivière.

C'était la période de révision. Louise était de passage pour terminer son mémoire.

C'était à la piscine. Journée de coupure. Nous avions passé la journée au soleil. Elle bronzait. Ma peau restait désespérément blanche.

Je lui racontais mes aventures et quelques-uns de mes exploits sexuels. N'omettant aucun détail pour la faire rougir.

Pour la première fois, elle me faisait part de son désir pour une autre fille dans son cours. Elle restait sur ses gardes, mais avait une franche attirance.

Elle racontait comment l'autre lui souriait. L'invitait à prendre un café. Se mettait toujours à côté d'elle. L'appelait « Ma Belle ».

Elle l'appelait souvent à l'une des cabines de la cité-U jusque tard le soir pour lui raconter sa journée, qu'elles avaient passée ensemble.

Bref, tout pour laisser penser assez fort qu'elle en pinçait carrément pour elle. Et elle l'avait déjà vu en soirée rouler des pelles à d'autres filles.

Et pas que rouler des pelles. Sans s'en cacher. Aux mecs trop insistants elle leur disait qu'ils auraient plus de chance s'ils étaient des filles.

Et son meilleur pote n'arrêtait pas de la chambrer dès qu'une fille passait « pour moi… ha non, pour toi ».

Et dès que Louise arrivait, ce pote partait en riant et en disant qu'il n'avait aucune chance.

Elle me disait tout ça en me disant qu'elle n'était pas sûre, qu'elle n'était pas prête, qu'elle devait songer à elle, qu'elle devait se protéger, qu'elle devait tourner la page, qu'elle devait en profiter, la fac c'est fait pour ça. Tu verras ajoutait-elle.

Je lui ai dit de foncer et d'arrêter de se prendre la tête. Elle avait le droit d'en profiter. Elle était en sécurité. Et je serais là au cas où.

En clair, la température était très élevée tout au long de cette après-midi-là.

En sortant et en nous retrouvant après les vestiaires, nous avons pris le même chemin pour rentrer.

Dans une petite rue calme, elle marchait devant moi. La rue était déserte sauf nous.

Elle s'arrêta. Se retourna. Attrapa mon visage entre ses deux mains. Le tira vers elle. Et me colla sa langue dans la bouche.

Ma tête est restée coi. Elle a lâché mon visage. Ses yeux plantés dans les miens, elle a souri d'un air presqu'espiègle. Elle a repris son chemin.

Mon corps en voulait plus, beaucoup plus. Il voulait tout maintenant. Il était bandé à l'extrême, prêt à sauter sur sa nouvelle proie.

Ma tête elle restait bloquée. Interdite. Et elle a interdit à mon corps de faire le moindre mouvement.

Comme un grand seau d'eau froide mental. Seule la marche au même rythme que Louise, à deux mètres derrière elle, était autorisée à mes membres.

Je la regardais marcher. Je la découvrais. Je la connaissais par cœur. Je l'avais déjà vue nue. Elle aussi. Ma grande sœur jusque-là. Un verrou venait de voler en éclat.

Mes yeux réapprenaient à connaître ce corps. Debout dans la lumière brulante de la fin d'après-midi. Il explosait d'une lumière nouvelle.

Et l'azur se fondant en or chaud ne faisait qu'ajouter à cette aura qui m'éclaboussait la figure pour la première fois.

Et putain, en une fraction de seconde, son corps, son aura étaient devenus les seuls à pouvoir vraiment étancher ma soif.

Ma tête continuait de me dire que ce n'était pas l'heure. Qu'il fallait lui laisser encore du temps.

Mon cœur se remplissait d'une chaleur nouvelle. Du choix de protéger un être très cher, d'une amitié profonde, il s'emplissait à l'instant de sentiments nouveaux.

Des sentiments qui venaient épouser un vide. Presque naturellement. Comme une évidence.

Au bout de cette rue, elle me fit la bise et je lui fis la bise. Presque comme si de rien n'était.

Elle est repartie chez sa mère. Moi chez mon parrain.

Le pas de l'Escalette. Devoir ralentir quand tout est ouvert pour une vraie partie de « j'appuie à fond dans la descente ». Pour un plaisir intense.

Et pourtant la raison commande. Trop de danger. Pas vraiment pour moi. Pas avec les heures de stages et de pratiques.

La fillette à l'arrière de cette voiture que je double sans forcer. Ce jeune homme dans sa voiture plus que limite qui me suit.

Créer une dynamique d'emballement pour les retrouver tous en bas dans le même amas de tôles froissés.

Putain que ma raison me fait chier. Putain que j'aimerai en avoir vraiment rien à foutre des autres.

Alors qu'il n'y a que de moi dont je n'ai strictement rien à battre. M'éclater la gueule en solo, se serait le kiffe. Ces gueules-là, ce serait de la merde.

Depuis quand je me sens autant responsable des autres ? Red, tu le savais ça, vieux salaud.

Tu savais que je ne te laisserais pas tomber. Même avec la plus grosse des merdes du monde où plonger ma gueule tout entière.

Déjà les odeurs chauffées du sud envahissent l'habitacle. Le soir arrive. Pas encore la nuit.

L'heure où le chien rentre dans sa niche pour laisser échapper le loup. Comme une espèce d'Ysengrin au bord de l'évanouissement, je tends tous mes nerfs pour garder le sommeil encore loin de moi.

La première fois que nous avons fait l'amour. Cinq ans encore s'étaient écoulés.

Marie s'était fait retirer son premier enfant. Ne trouvant qu'à grand peine des petits boulots pour les perdre presque immédiatement.

Elle était accro à l'héro. Ce fut facile de faire payer sa première dose par un junkie qui devait du fric à une tierce personne qui me devait quelques services.

Elle était totalement dépendante d'un pauvre mec, père de son enfant, vivotant de petits tafs en petits tafs.

Marie était rentrée en phase de sevrage pour essayer de retrouver la garde de son enfant.

La juge qui avait prononcé la mesure de protection de l'enfant, intolérante aux camés, avait eu ce dossier par indisponibilité de l'autre juge aux affaires familiales.

L'autre juge avait eu à traiter un cas beaucoup plus lourd de viols incestueux d'un frère sur ces demi-sœurs plus jeunes.

Ce frère était l'un des 15 connards. Le viol de Louise lui avait ouvert la voie. Ces demi-sœurs lui avaient apporté l'occasion.

Il avait presque 23 ans. Les petites en avaient 13 et 15. Il avait commencé 8 ans plus tôt.

Signalement par une prof à qui on avait attiré l'œil sur le comportement de la plus jeune. Enquête de police. Et incarcération en préventive.

Après avoir payé le tarif pour les pédophiles pendant 7 mois, il avait été retrouvé mort dans sa cellule avec 24 grammes de paracétamol dans le sang.

Malgré les premiers symptômes, aucun de ses compagnons de cellule n'avait pris la peine de signaler son état.

Personne n'a jamais su comment il avait réussi à se procurer 3 boîtes de paracétamol. Ni même si c'était lui qui se les était procurées.

Le dossier s'était clôturé de lui-même après sept mois de plongée dans l'horreur sordide de ce nid familiale.

S'occuper des filles pour les sortir de cette merde et leur redonner une chance de se reconstruire.

L'autre juge, libérée, reprenait donc le dossier de Marie, tout aussi sordide. Même si cette merde-là avait une autre odeur.

Plus portée sur la bienveillance, elle allait prononcer une mise à l'épreuve avec obligation de sevrage.

Marie avait la force d'une teigne. Elle allait suivre et réussir sa cure pour en ressortir presque propre.

Ce qui aboutira à une période où elle se dira être sortie du tunnel. Elle envisagera l'acquisition d'une maison.

Elle touchait un salaire confortable maintenant qu'elle travaillait dans une agence immobilière pleine de succès.

Son patron, et ami, lui avait conseiller un taux variable pour gagner sur tous les tableaux.

Las, celui-ci fera faillite après avoir été embarqué avec un des adjoints du maire dans un vaste programme qui s'avèrera être une arnaque totale.

Ils seront retrouvés tous les deux dans un coffre de voiture brûlée. Ce sont leurs dents qui permirent l'identification formelle.

Ainsi que quelques séquelles de fractures enfantines. Au milieu de fractures récentes. Certaines semblant avoir été causées par des mâchoire puissante.

Il se disait qu'ils avaient été exécutés par un caïd local qui avait vu tout l'argent qu'il voulait blanchir s'évaporer avec leur programme immobilier pharaonique.

Plusieurs autres règlements de compte eurent lieu après ça et les quelques millions envolés.

Cela m'avait évité de faire face au Caïd. Il s'était laissé convaincre que l'immobilier lui donnerait une source officielle de revenu.

J'avais les bons arguments. Et j'avais suffisamment d'éléments pour balancer à ceux qui lui avaient prêté des fonds.

Pour quelques temps, cela avait nettoyé un peu de pègre locale. Mais la nature a horreur du vide.

Tout ça pour un pauvre bout de terrain qu'un petit escroc bien conseillé avait réussi à faire passer comme nouvel eldorado.

Idéalement placé. Belle exposition. Avec une superbe vue sur la vallée. A quelques minutes à peine de la ville. Que des avantages.

Las, les investisseurs ne savaient pas qu'il était au-dessus d'une grande galerie d'une ancienne mine désaffectée.

Cette mine se remplissait d'eau et tout le bois qui servait de soutènement pourrissait et cédait petit à petit.

Le terrain allait être déclaré inconstructible et dangereux quelques mois plus tard.

Le temps pour les experts de terminer les rapports. Mon mètre quatre-vingt-dix n'avait pas vraiment aimé la balade.

Heureusement, le casque m'avait évité plusieurs fractures du crâne. Putain de corps démesuré.

Marie se retrouva de nouveau au chômage, soupçonnée d'avoir trempée dans la combine de son patron devenu son amant pour les locaux.

Cela au moment même où les taux d'intérêt de son emprunt devaient augmenter fortement.

Elle se retrouva donc de nouveau dans la merde, bien plus profonde et noire que celle d'où elle croyait être sortie.

Quant à l'agent immobilier et à l'adjoint au maire, amis d'enfance, il ne fut pas porté à leur débit le viol en réunion d'une gamine de 15 ans.

D'autres pièges s'étaient également refermés. Des 15 connards, il n'en restait plus que 4. Et ils tomberaient dans l'année suivante.

Patiemment, j'ai attendu au bord de la rivière. Tirant quelques fils du destin pour m'assurer qu'en fin de compte je les verrais tous passer.

Louise terminait sa double thèse. Une première sur les propriétés élastiques des tissus moléculaires. La seconde, quantique, sur le monopôle magnétique.

Moi, trop pragmatique, j'avais déjà plongé dans la vie active. Et je voyageais beaucoup pour me former.

Après notre premier baiser, les occasions étaient restées nombreuses où nous nous croisions.

Sans faire tout à fait comme si ce baiser n'avait jamais existé, nous le considérions comme ne devant être suivi par rien de plus.

Je crois que dans l'esprit de Louise, c'était un acte pour se donner du courage. Et une sorte de récompense qu'elle m'offrait.

Elle ne savait pas que j'avais accumulé déjà de très nombreux trophées grâce à elle.

Elle avait fracassé le mur derrière lequel elle avait été enfermée. Elle s'était mise en couple avec la fille de son cours.

Elle s'était libérée et avait foncé. Leur couple était devenu plus libre. Et la liberté avait pris le pas sur le couple.

Une histoire simple et facile. Sans histoire. Ce qu'il lui fallait vraiment pour arracher jusqu'aux fondations de ce mur.

Sans frénésie, Louise avait rattrapé le temps volé et accumulé les expériences. Du grotesque jusqu'au glauque en passant par le charmant et le torride.

Elle ne manquait jamais de me les raconter. Mon corps mourait de jalousie. Hurlant de n'être à la place de toutes ses partenaires.

Ma tête restait froide et lui racontait mes expériences à moi. De genres plus divers.

Elles allaient dans le même spectre que les siennes. Pas dans le même ordre. Sauf pour le torride de torride que nous avons vécu en même temps.

Je la retrouvais donc le jour de ses deux soutenances. L'accompagnais, la supportais et la motivais.

Et j'attendais dans le hall de la fac comme on peut attendre la naissance de son premier enfant.

Elle eu les félicitations du jury pour ses jumelles. Elle avait réussi à mener en parallèle ses deux sujets d'étude en les poussant très loin.

Je l'invitais ensuite à fêter ça. Le champagne fut très bon et en grande abondance. Avant la vodka.

Au point de nous réveiller elle et moi, sans souvenir, culs nus, dans le même lit.

Avec des preuves irréfutables que nous avions joui. A priori avant de nous endormir.

L'absence d'autre corps dans l'appartement nous amena à la même conclusion. Nous l'avions fait ensemble. Sans en avoir gardé le moindre souvenir.

Nous nous regardions, incrédules. Ma tête, assommée, avait fini par lever l'interdit à mon corps.

Et dans un même mouvement, nous voulûmes garder en mémoire notre seconde fois. Et vérifier si c'était vraiment bon.

Je croyais avoir déjà fait l'amour. Avec une personne qu'on aime. Ou qu'on croit aimer. Qu'on a désiré. A qui on veut tout donner. Et de qui on veut tout accepter.

Je me trompais. Sans doute à cause du poids de l'histoire de Louise. De la promesse qui me liait à elle.

Sans doute parce que nos corps se sont immédiatement compris. Avoir raconté toutes nos expériences, sans forfanterie, avaient déjà dessiné les plaisirs que l'autres attendaient.

Mais au-delà de tout ça, il y avait une alchimie particulière entre nous deux. La même envie et le même désir scellés profondément en nous.

Leur libération, leur explosion nous ont amené vers des jouissances que nous ne connaissions pas encore.

Et cela se répète depuis lors. Sans effort. Nous nous explorons encore et encore et trouvons toujours une voie pour jouir plus fort.

L'alcool fort rend toute autre boisson alcoolisée sans intérêt. Comme la nourriture trop épicée finit par brûler totalement le palais.

La dimension de l'esprit pour nos orgasmes en apesanteur, nous laisse revenir aux plaisirs terrestres presque indemnes.

Et la distance et le temps que je maintiens entre nous, laisse à nos cellules et à nos sens la possibilité de se régénérer en totalité. En pleine capacité de sensation.

Goûter à d'autres personnes ne perdait pas de saveurs. Nous pouvions vivre loin de l'autre sans fadeur.

Nous savions que nos ébats ensemble n'avaient pas d'équivalent. Nous prenions toujours du plaisir dans d'autres bras.

Mon corps, ma tête et mon esprit sont à l'unisson avec elle. Ce n'est peut-être qu'un phénomène de résonnance. Un amplificateur.

A peine je tourne le bouton et déjà l'oscillation dépasse toutes les limites. J'aimerais que cela dure toujours.

J'ai peur que l'habitude nous rattrape. Que nous finissions par nous trouver quelconque.

J'ai peur de devoir lui cacher encore ce que j'ai fait pour me venger de ce qu'ils lui ont fait.

J'ai peur de devoir supporter son regard tous les jours. J'ai peur de finir par la perdre totalement.

La vacuité de l'existence se chargerait en plus du vide soudain de ma vie si je la perdais. C'est trop à risquer. Même pour moi.

La grange est déjà là. A moitié somnambule, je sors dans la lumière des phares au milieu des papillons et des moustiques.

La clé est à l'emplacement prévu. J'ouvre la porte en grand. Y engouffre la voiture et la fait enfin taire.

Je grimpe par l'échelle. Me dépoile pour ne garder que mon T-shirt. M'affale sur le lit installé là. Dans une odeur de foin et d'huile de moteur.

Je tourne au moins trois heures avant que mes nerfs ne se détendent et que je sombre enfin dans un profond sommeil.

Les rayons du soleil. Le coq. Les oiseaux. Un réveil presque champêtre dans cette proche périphérie de la ville.

6h du mat pas encore passées. Je descends l'échelle. Pipi. Première priorité. Quelques ablutions pour sortir définitivement du sommeil.

Remettre le corps en mouvement. Je démarre par un peu de réveil musculaire avec pas mal de gainage.

J'y vais doucement. Je dois reprendre à zéro après tous ces jours off, et toutes ces mauvaises postures à éliminer.

Je prête une attention aigue à chacun de mes gestes. Les remettre dans le bon axe. Dans la bonne rotation. Dans le bon angle. Avec la bonne puissance.

L'âge. Source d'expérience pour éviter les erreurs bêtes. Source de tellement plus de nouvelles douleurs.

Au bout d'une bonne heure, j'ai pu faire un état des lieux de tous mes muscles, de tous mes tendons, de toutes mes articulations. Je les sens intégralement.

Pas de nouvelle douleur. Pas de nouvelle sensation désagréable. Plutôt quelques-unes qui sont passées.

Je n'ai peut-être pas assez tiré dessus pour en avoir une appréciation définitive. La suite du programme me renseignera mieux.

Je m'hydrate beaucoup. Je transpire déjà intensément avec la chaleur qui n'est pas complètement partie. Le taux de sucre est encore suffisant.

J'enchaîne ensuite en reprenant quelques katas et quelques enchaînements de mouvements de diverses disciplines.

Avec le temps, j'ai développé les miens. Mon maître dirait que je suis en avance.

Je ne suis encore que dans la réappropriation de tous les mouvements que tous mes maîtres mon appris. Troisième phase du maître de thé ou de tout autre discipline.

Je ne fais que les combiner à ma propre sauce. Karate, Kung Fu, Taekwondo, Aikido, Kendo, Krav Maga, System A, Muay Thai, Capoeira, …

Pieds, jambes, mains, bras. Avec ou sans instruments. Défense. Attaque. Energie. Un mannequin de bois et de fer est mon partenaire ce matin.

Je pousse mes mouvements encore un peu plus loin. La recherche perpétuelle de plus d'efficacité.

Sur un enchaînement, je me rappelle ce que Louise me faisait 4 jours plus tôt. Mon bassin un peu plus comme cela. La jambe droite plus comme ci. La main gauche plutôt ainsi. Les doigts plus dans cette position. L'annulaire surtout. La troisième phalange. Une petite rotation du torse. Oui, ça colle bien sur cette suite-là. Je sens plus de puissance au bout de la frappe.

Mon sensei avait raison de me dire d'enregistrer tous mes mouvements. Même les plus inattendus peuvent permettre d'aller chercher un peu plus loin dans le détail.

Et je comprends mieux pourquoi elle me disait qu'elle ne pouvait pas tout m'enseigner. Vieille perverse.

Ce soir il n'y aura pas droit à l'impréparation ni à l'à peu près. Je dois être impeccable. Et ce soir ce sera dans ce type d'exercice que je devrais l'être.

Je retravaille tous les petits détails. Tout ce qui fait qu'on arrive chez les meilleurs ou qu'on reste à la porte.

Tout ce qui fait qu'on joue avec les All Black ou qu'on joue au MHR.

Presque deux heures. J'ai inondé mon T-shirt et le tapis de sueur. Elle continue de rouler sur mon corps. Je démarre les étirements.

Le corps est presque prêt. Reste à le récurer et à le nourrir pour lui refaire le plein d'énergie.

Avant, faire le ménage et ranger. Je passe la serpillère sur les tapis en la poussant avec les mains. Les fesses en l'air.

Je range tous les instruments à leur place et laisse visible les indications pour ceux qui sont défectueux. Je jette ceux qui sont cassés en laissant une note.

J'ôte enfin mon T-shirt gluant à l'odeur incertaine pour aller sous la douche ouverte sur tout l'espace.

Je regarde autour de moi. Ça fait un beau loft, mais pour remonter les courses, bonjour ![23]

Et question intimité, ce n'est pas ça. Pour quelqu'un comme moi, ça pourrait aller. Je n'ai pas beaucoup à cacher.

Mais ça reste un peu loin de tout. Pas possible de rentrer cartable quand faut aller péter à Chaille. Donc, non, je ne coche pas.

Je remets un T-shirt et un slip propres et secs. Je me coupe les ongles pour éviter les bêtes blessures. Je mets la paire de rangeots qui a été préparées là.

____

[23] Shrek, op. cit.

Je les laisse ni attachées ni bouclées. Histoire de pouvoir trainer encore tranquille. L'esprit ouvert.

Elles sont déjà bien faites. J'ai presque l'impression d'avoir des pantoufles tellement mes pieds y sont à l'aise.

Sur la table, je mets tout ce qu'il me faut pour refaire le plein de carburant. Je sens mes muscles commencés à trembler. Il est temps d'y passer.

Réhydratation. Vitamines. Sels minéraux. Oligoéléments. Sucres. Sucres lents. Protéines. Graisses. Sous différentes formes. Le plaisir du goût en plus.

Je me sens propre. Je me sens presque en équilibre. Je laisse mon esprit bader. Je laisse mes oreilles suivre le programme matinal de France Cul.

Le monde est toujours une merde. Toujours envie de le faire exploser. Et toujours une personne pour me faire dire qu'il n'est pas entièrement foutu.

L'envie d'être Zeus et de tout ravager à cause des injustes. La pitié pour les justes restants et leur laisser une chance.

Et au fond de moi, la conviction que cela serait mieux de libérer les justes de toute la merde des injustes.

Qui décide de qui est juste et de qui est injuste ? Le temps peut-être ? Putain, heureusement, je ne suis pas Zeus.

Le réveil est maintenant complet. Corps. Intellect. Esprit. Je peux passer à la suite du programme pour aujourd'hui.

Je m'installe pour la confection du colis. Le tatouage, la clé et tout le décorum surprise pour que le client soit le plus heureux possible.

Et pour un fêler comme celui-là, j'y mets tout mon cœur pour atteindre la perfection.

Mes doigts malhabiles me font perdre beaucoup de temps. Mais c'était compté dans le planning.

L'après-midi touche à sa fin. Je retourne sur le tapis, je m'y assois et je démarre une séance de méditation.

Avec la fatigue et les émotions des derniers jours, j'ai vraiment besoin de me reconnecter. Ne rien laisser au hasard.

Je travaille ma respiration. Je visualise le vide. Le remplis avec ce que je suis, avec ce que j'apporte. Je laisse couler l'air de ma respiration tout autour de moi, jusqu'à y flotter totalement... J'ouvre mes chakras… Les uns après les autres… Les sept... Le huitième... Les autres… Je réveille Kundalini… Mon aura s'étend… Je me remplis de l'énergie de ce lieu… De cette terre en dessous… Je souffle encore doucement… Profondément… Mes paupières se relèvent doucement… Le monde s'offre à moi tel qu'il est.

Je refais le plein d'énergie. Sucres lents. Viandes blanches. Quelques fibres. Repas taillé pour l'effort.

J'enfile la tenue que j'avais demandée. Jean noir serré, pas trop collant. T-shirt blanc col rond. Cuir marron usé. Chaussettes confortables pour les pieds. Rangeots par-dessus. Paire de gants.

Je me sens comme Dardevil qui enfile sa tenue sans la voir. J'ouvre la grande porte quand le soleil est en train de se coucher.

Une fois la voiture sortie, la porte est refermée. Le soleil a déjà disparu. Et la lune inonde le sol de sa clarté.

Encore un hoquet brulant. Je ne sais plus si c'est du noir ou si c'est du rouge qui flotte devant mes yeux. Tout est sombre. Tout se refroidi. Tout est silencieux. J'entends à peine mon cœur. Il s'arrête bientôt. Mon esprit va dans quelques instants s'évader de cette enveloppe. Je me vois presque de l'extérieur de moi.

Non, non, non... Pas de voyage maintenant. Reste tranquille toi aussi. Te barre pas en vadrouille pour revenir foutre le bordel et m'empêcher de partir. Reste visser là dans ce vieux machin démoli. Toi aussi tu t'arrêtes. Avec le dernier battement qui vient tu disparaitras.

Alors laisse-toi glisser sur cet archet. Laisse-toi porter par ces notes. Laisse-toi couler. Comme une gouttelette sur la mousse épaisse. Coule entre ses feuilles. Laisse-toi porter jusqu'à la base. Coule encore doucement le long de la pente douce. Coule jusqu'à la base de la pente. Sans effort. Roule jusqu'à l'humus. Fonds-toi dans lui. Pénètre-le. Enfonce-toi en lui profondément. Passe de strate en strate. Glisse entre les grains de sable. Reste longtemps suspendu dans tous les filtres minéraux. Reste en apesanteur. Perce tout doucement. Ressens ton poids t'alourdir à chaque parcelle de toi qui passe. Et puis, lâche totalement prise. Tombe dans le vide. Dans le noir complet. Sens le moment où tu éclates complétement pour fusionner intégralement avec cette grande masse froide et immobile.

Tu me ramènes encore des images de tes divagations. Putain de toi qui ne veux pas partir. Putain de vibration.

La voiture roule tranquillement jusque dans le centre de la ville. Au lieu prévu, je récupère Jessica Jones.

Deux, ce ne sera pas assez. Mais ça devrait faire illusion. Masquée comme elle est, c'est plutôt Iron Fist. Mais on s'en fout et je ne vais pas tous les citer.

La musique dans la voiture m'aide à garder ma concentration. Je n'échange pas un mot avec ma passagère. Qui ne rompt pas le silence.

Départ vers le Sud. Direction les Pyrénées. Bien avant Perpignan. Nous finissons par serpenter au milieu des vignes.

Les jambes de ma partenaire se serrent et se desserrent.

> — Envie de pisser ?
> — Oui. Désolé.
> — Tu as le droit d'avoir peur. Ça fait partie du jeu. C'est un signal d'alarme. Ecoute-la et apprends à réagir à son signal. Sans te pisser dessus.
>
> — …

Je trouve un dégagement pour qu'elle puisse se soulager. Je lui trouve un bout de papier dans la boite à gants.

Nous finissons par arriver devant le portail d'une vaste propriété. Flanqué de deux porte-flingues.

J'ouvre la fenêtre. Les questions d'usage. L'un d'eux parle à sa montre. Oui, nous sommes deux.

Parce que c'est toujours mon assistante qui s'occupe des livraisons. Celle-là comme les autres.

Finalement le portail s'ouvre. Ils nous laissent passer avec la mine de faire gaffe à nos fesses.

Nous roulons au pas sur une longue allée de gravier. Le crissement opulent sous les pneus de la voiture. Les arbres bicentenaires pour nous protéger du soleil.

Dans le fond, à l'écart, sans protection contre le soleil, quelques caravanes. Le campement des ouvriers agricoles.

Nous arrivons devant l'imposante entrée du château. Angles très droits sur toutes les faces. Bas pour résister au vent. Etalé sur des centaines de mètres. Ou voulant le paraître.

— Monta sega !

Je ne peux m'empêcher de le trouver exagérément… démonstratif.

Dans le fond, finalement, pas si différent de chez J. Au moins là-bas, la famille avait pignon sur rue. Ici elle est priée de se mettre le plus hors de vue possible.

Le servage moderne. Les faire marner jusqu'à épuisement. Vouloir qu'ils disparaissent dès le travail terminé. Tout ça pour trois francs six sous.

En arrière-plan, le rougeoiement du barbecue déjà allumé. La couleur de la flamme et la quantité de carburant font plutôt penser à une version extrême carbonisation.

Je dirais qu'il est taillé pour un peu plus d'1m90. On récolte ce que l'on sème. Heureusement, j'ai pensé à mettre un slip propre.

Nous sortons de la voiture. Je prends le paquet sur le siège arrière. J'ai réussi à faire un joli nœud dessus.

Nous entrons. 2 nouveaux porte-flingues. Fouille réglementaire. Je pose le paquet sur la table pour la palpation. RAS.

Jessica garde son masque arguant un virus récalcitrant. Les mains lestes nous guident jusqu'à la grande salle à manger. 5 gardes de plus. Le taré y termine son café.

> — Je t'aurais laissé une heure de plus, tu te s'rais pointé une heure plus tard ! c'est ça ton sens du service ? Elle est belle ta « satisfaction » du client !
>
> — Je cherche toujours le bonheur de mes clients. Toi t'es pas mon client. T'es une espèce de morpion qui me colle au cul. Je suis ton otage pour faire une

saloperie de boulot que t'étais trop lâche pour faire toi-même.

— Tu sais que t'as la langue bien pendue pour une fiotte. Quand j'te regarde, j'me d'mande toujours où t'as planqué ta paire de burnes. Mais j'vois que j'ai pas dû les serrer encore assez fort pour que tu la ramènes comme ça. Les pédales dans ton genre y faut les prendre par les couilles et serrer jusqu'à les faire chanter.

— Par les couilles, par la chatte, les tarés dans ton genre croient toujours que c'est comme ça qu'ils arrivent à faire croire que leurs petits pois sont assez gros pour que papa arrête de les traiter de ratés.

— Tu... Tu ne sais pas de quoi tu PARLES !

Il frappe un grand coup de poing sur la table qui résonne dans toute la pièce. Les sbires rentrent la tête dans les épaules. Laisser passer l'orage.

Mon mètre quatre-vingt-dix reste bien déployé de tout son long. Ce qui a le don de rajouter à sa rage. Debout, il dépasse à peine mon nombril.

— Putain ! J'vais t'faire bouffer tes rotules toi.

— Si on concluait d'abord l'affaire en cours avant de se faire de nouvelles promesses ?

Les joues écarlates, il montre du menton une porte à l'un des sbires. Qui l'ouvre et fait entrer Red. Un pansement presque propre sur la main.

— Je vais te les écraser encore plus fort. Vas-y, tire-lui dans la...

— Oula, tout doux ! Je te le déconseille fortement si tu veux vraiment ton petit cadeau. Tu es un peu prévisible tu sais. Comme tu joues pas franc-jeu, j'ai fait quelques aménagement au colis. Il faudra que je fasse un code sur mon portable et que j'en entre un second à l'intérieur du paquet pour que tu puisses récupérer ton doudou et ton film glauquesque de chez cradingue.

— T'as fait ça blaireau ?

Un autre coup de menton vers le sbire le plus proche de moi.

— Tu vas voir ce que ça fait de réellement se faire broyer les couilles.

Dit le sbire en se rapprochant avec un sourire sadique.

— …Merde chef ! y'a rien à attraper ! C'est une…

Je lui assène un grand coup de coude en plein sur son chakra couronne. Ce qui devrait lui procurer une migraine pour les trois prochains jours au moins.

— Je ne te permets pas de toucher sans mon consentement !

En même temps que mon coude gauche s'abaissait, ma jambe droite reculait et ma jambe gauche fléchissait légèrement.

Après le coup sur le crâne, le réflexe est de reculer et de se redresser. Les mains viennent sur le haut de la tête comme pour vérifier si le cerveau est toujours bien à l'abris.

Ayant anticipé le mouvement, je suis à la distance idéale. Je lui balance avec le maximum d'élan ma rangeot droite entre les jambes.

Attachée de manière tout à fait réglementaire. La connexion avec la jambe est parfaite. Efficacité optimale.

Le mouvement décrit un swing très inspiré de celui de Johnny Wilkinson dans sa frappe des up and under.

Ses testicules remontent dans les 22 centimètres sous son crâne.

Nouveau geste réflexe. Le corps se casse en deux, visage vers l'avant. Les mains lâchant la précédente douleur pour venir constater les dégâts sur la nouvelle.

Mon genou gauche a déjà prévu ce qui se passe. Il profite de l'élan donner par la jambe droite pour s'élever à son tour.

Je vole littéralement. Les deux pieds décollés du sol. A pleine vitesse, le genou plié vient frapper le milieu de son visage.

Fracture du nez et du maxillaire supérieur. Palais ouvert. Au bruit, l'arête du nez est remontée jusqu'au cerveau[24].

Le corps continue sa chute et s'écrase au sol comme un tas de chair molle vidée de toute volonté.

Les mains des sbires se portent sur les glocks. Et sur les quelques Uzis en bandoulière que j'avais repérés également.

> — Je la veux vivante cette salope ! Visez les jambes et les bras ! Putain, sale pute on va te faire ta fête poufiasse ! Gonzesse de merde, tu ressembles vraiment à rien ma pôv'fille.

Je suis déjà en mouvement vers le plus proche des sbires. Mon corps a toujours été un handicap.

Pas sur le fait que déjà enfant on me prenait pour un garçon. Non, le handicap, c'est la taille.

La mise en mouvement de mes grands abattis est toujours lente et périlleuse. Et puis j'ai découvert les tatamis.

Et là, comme ce con d'albatros, mes ailes se sont déclouées et je me suis envolée.

Et la longueur de tous mes membres est devenue un putain d'avantage. Cela a permis de largement compenser la puissance initiale par la vitesse.

Et quand ma main t'arrive sur la gueule avec toute la vitesse de l'envergure, je n'ai pas besoin d'être musclée pour te la péter.

Les tires débutent. Comme toujours, beaucoup de mauvais tireurs quand il y a de l'action.

Jessica a été mise à l'abris derrière un canapé par Red. Une contrainte de moins à gérer pour moi.

---

[24] D'après The dirty dozen (Les douze salopards), film de Robert Aldrich – 1967

Je suis déjà sur le sbire. Je lui bloque la main pour en prendre le commandement et le retourne comme un bouclier.

Une piqure sur le tibia gauche. Une autre dans l'omoplate droit. La triple épaisseur de kevlar tissé rembourré fait son effet. Les balles ne pénètrent pas.

Comme le costume de Charlie Cox, pour faire le lien avec Dardevil[25]. Je me concentre pour ne pas laisser la douleur me bloquer, même pas une milliseconde.

Mon entrainement au tir à l'arc apporte à mon bouclier une précision qu'il n'avait jamais atteinte.

En moins de trois secondes les tirs se sont tus. Je laisse choir mon bouclier taché de rouge au sol. Je pointe l'arme sur la tête du nain.

Dans le coin de mon œil droit, j'ai Red et Jessica chacun avec une arme sur la tempe.

> — La pôv'fille te demande ce qu'on fait maintenant. On a fini avec les pions. Tu prends ma tour et mon fou ? Je prends ton roi ?
>
> — Mais tu crois que t'es en position de négocier quoique ce soit, sale pute ? Mais t'es en position de rien du tout. J'en ai rien à foutre de ton paquet de merde. Le tatouage, je m'en care le fion. J'ai déjà des photos. Le film ? J'avoue, j'aurais bien aimé me tripoter en regardant la fin de cette chienne… Et il a une petite valeur marchande sur certains marchés.
>
> — T'es vraiment le roi des cons en fait. T'as toujours pas compris ?

Je lance un regard à Jessica qui enlève son masque. Le visage que le chauffeur m'avait laissé une soixantaine d'heures plus tôt. Pas complètement serein. Beaucoup moins dévasté.

---

[25] Daredevil, série de Drew Goddard – 2015/2018

Profitant de l'étonnement général, j'abas les 2 derniers sbires qui menaçaient Red et Jessica-Lena.

— Est-ce qu'a ton avis ma position est devenue plus avantageuse pour négocier ?

Son visage est maintenant cramoisi. La rage fait place à quelque chose que je ne sais pas nommer. Tout tremble en lui.

S'il avait été un guerrier, il serait le berserker ultime dans cet état. Comme il ne combat pas, sa rage dépassée n'effraie que ceux qui en ont peur.

Chaque mot qu'il prononce s'accompagne d'une gerbe de postillons épais.

— Attends salope. Attends un peu espèce de pute. Tu crois que tu as la main ? t'as que dalle connasse.

Il attrape son téléphone. A failli l'exploser en le serrant. La composition du numéro semble être faite au pilon sidérurgique.

— Ta pu.. ta gouinasse auvergnate, j'espère que t'en a bien profité. J'vais lui faire passer le goût des filles et de tout le reste moi. La femme qui rit… Ah ah ah ah ah ah…

Un téléphone sonne dans la pièce. Lena le sort de la poche de son jean.

— Tu devrais écouter ce qu'elle a à te dire.

Il reste bouche bée. Stupéfait de surprise. Abasourdi d'avoir perdu sa dernière carte. D'avoir été battu à son propre jeu.

La crosse du glock que j'ai en main s'abat avec une violence insensée entre ses deux yeux.

Il tombe sur les fesses. Une ligne de sang fend son front en deux et coule comme des larmes sur sa joue.

Je pose mon pied droit sur son entrejambe. Genou fléchi, mon visage se rapproche du sien.

— Alors dugland, est-ce que je suis en position de négocier maintenant ? Le propriétaire du téléphone a pris quelques jours au frais. Tu croyais quand même pas qu'il allait rester inaperçu sur le trajet ? Que j'allais pas le gauler sur 300 kilomètres ? Que je ne trouverais pas la micro caméra qu'il avait planquée ? Que je le laisserai rôder là-bas ? Tout ce qu'il a pu te raconter quand tu pensais qu'il nous espionnait, ce n'était que du flan, du chiqué, de la mise en scène. Assez réaliste pour me faire gerber. Rien que de la poudre aux yeux. C'est moi qui t'ai envoyé les photos. C'est moi qui ai géré son flux vidéo. J'espère que t'en as bien profiter, pov' taré de base. C'est dingue le réalisme qu'on peut avoir avec une imprimante 3D et une caméra numérique. Même si j'ai eu besoin d'un coup de main pour fignoler le code. J'ai eu de la chance d'avoir des modèles en réserve, quand on bricole, on garde toujours les trucs qui traînent.

« Et t'avais raison sur un point, j'en ai chié pour arriver au résultat. La préparation du mannequin de latex, le maquillage et les poches de liquide et de trucs visqueux, faire authentiquement crier Lena, filmer la terreur et la douleur sur son visage. Même pour du chiqué c'était dégueu. Heureusement que j'ai réussi à bien m'entourer, les techniciens et les acteurs étaient les meilleurs.

« J'ai vraiment fait enlever Lena pour obtenir plus de réalisme et d'expressions. Au cas où tu la fasses surveiller également. Les 24 heures suivantes n'étaient pas de trop pour lui expliquer la situation, lui raconter toute l'histoire, la laisser digérer et évacuer cette énorme connerie, lui éviter de venir ici toute seule en courant te dire tes quatre vérités sordides et réussir à la convaincre de te jouer cette comédie ce soir.

« Klaus est authentiquement le meilleur dans sa discipline. Même dans le Golf ses services sont loués. Et je souhaite vraiment ne jamais le recroiser. Quand il a su que c'était pour un fake, il a accepté sans problème. A partir du moment où il touchait la même chose que d'habitude et que personne ne l'ébruite. Et toi, tu connais pas Klaus. Donc tu n'ébruiteras rien du tout. Hein ?

« Francis lui est un vrai virtuose. Effets spéciaux numériques et montage. Son film est vraiment bon. C'est pas du tout ma came, mais c'est très bon. Comme il est un peu geek, il m'a conseillé pour le tatouage. Je t'avais préparé une réplique de celui de Catherine, dans la série animé Cobra[26]. Je suis sûre que t'aurais rien capté au clin d'œil.

« Et la fille en Auvergne… Je lui ai fait une promesse et c'est pas un gland dans ton genre qui va m'empêcher de la tenir. Tu l'oublies. Elle n'a jamais existé pour toi, capice ? Ajouter un cadavre à ceux qui lui ont fait du mal ne me fera ni chaud ni froid.

« Quant à tes insultes homophobes et sexistes, tu voudras bien te les enfoncer profondément dans la gorge pour ne plus jamais les en faire ressortir.

— Putain, mais j'en ai rien à branler de c'que tu racontes…

Je lui redonne un coup de crosse. Exactement au même endroit que le premier. Ma colère est toujours là, mais ça fait du bien.

— Lena, tu voulais ajouter quelques choses ?

---

[26] Cobra, la série, animé d'Osamu Dezaki / Akio Sugino, d'après le manga de Buichi Terasawa - 1982

Elle se rapproche. Elle prend une large inspiration pour le discours qu'elle a préparé.

> — …Si… Si je suis partie… ce n'est pas parce que tu me faisais peur. Si je suis partie, c'est parce que tu n'as jamais été capable de m'aimer. Tu n'as jamais compris que je t'aimais sincèrement. Même si tu pouvais être maladroit et blessant. Et même… si tu n'as jamais réussi à me faire jouir... Si tu n'as jamais voulu t'occuper de mon clitoris. Ni de mes points sensibles. Même si tu ne sais rien faire d'autre que ta position du missionnaire. J'étais prête à tout pour rester avec toi, même à renoncer à avoir du plaisir. Mais toi, tu voulais me prouver que t'étais le roi, même en matière de sexe, le meilleur coup qu'une fille puisse rêver. Tu aurais voulu que je te mente et que je simule pour que tu continues d'y croire. J'étais prête à tout… pas à te mentir, pas à mentir à celui que je voulais aimer de tout mon cœur. Je voulais t'aimer tel que tu es.

— Mais grosse truie…

J'appuie avec mon pied droit sur sa petite zone sensible.

> — … c'est toi qu'a un problème. T'es frigide, c'est tout. T'es pas une vraie femme, t'y peut rien. Toutes celles que j'ai baisées te diront que j'ai été leur meilleur coup. Même les stars du porno qui en connaissent en rayon. Le clitoris, tout ça, c'est des conneries inventées par ces frustrées de féministes. Ma position ? C'est la meilleure. C'est celle des rois. Celle des dominants. Je vois pas pourquoi il faudrait en changer.

> — Putain, t'as raison mon lapin ! Ça m'a pas pris longtemps pour retrouver ces filles en pamoisons. J'ai appelé les copines. Crystal, Stormy et toutes les

autres. Elles m'ont toutes confirmé la même chose. Avec un type comme toi, toujours simuler très très très fort, en rajouter un max. Elles m'ont dit ne jamais s'être autant fait chier au lit avec quelqu'un. Que le plus dur était de ne pas s'endormir tellement tu mettais longtemps à jouir. Leur conclusion unanime : tu es l'anti-baise absolu.

— C'est ce que je voulais te dire également et que cela ne me dérangeait pas. Mais je n'ai pas pu, pas oser avant de partir.

Il est rouge, vert, bleu, jaune, blanc… Je ne boude pas mon plaisir de le voir se noyer dans sa merde.

Même si je sais déjà qu'il voudra vite trouver quelqu'un d'autre pour la nettoyer à sa place.

— Bon les amoureux, c'est pas tout ça, mais je voudrais bien me barrer d'ici maintenant. Donc le taré, tu vas nous indiquer comment on sort d'ici. Vu les préparatifs dehors, je ne crois que ce soit prévu. Les chants autour du bûcher de la Saint Jean, ce ne sera pas pour ce soir. Alors tu vas faire passer le message que t'as changé d'avis, qu'on s'est vachement bien entendu, qu'on s'est embrassé sur la bouche et tout et tout, et que tout le monde peut rentrer chez soi. Hein ? qu'est-ce que t'en dis ? c'est simple comme explications.

— Y faudrait me passer à la gégène pour tu m'arraches un baiser grosse gouine.

— Grosse ? Nan. Grande, oui. Mais grosse, je ne crois pas être grosse. Red ? T'en dit quoi ? J'ai grossi ? Et ne mens pas !

— Non je t'assure que t'as pas grossi. Si c'était possible, je dirais même que tu as maigri. Mais pour maigrir, il faudrait que tu perdes un os. Il est temps que je rentre te préparer à manger. Tu serais mieux avec quelques kilos superflus.

Je m'appuie un peu plus fort sur mon genou fléchi.

— Tu vois ? Grande je veux bien. Mais pas grosse.

— …

— Comment on fait pour sortir ? Tu parles dans ta montre toi aussi pour que les mecs dehors nous laisse passer ?

— Nan…, pas moi *Grande* conne. Lui là, au milieu.

— Red ? Tu peux approcher celui du milieu ?

— …

— Bien, maintenant tu peux causer aux autres dehors, tu vois.

Se jurant sans doute de me le faire payer au centuple, il s'exécute. Et donne le feu vert pour nous laisser passer.

Les yeux rouges à force d'être injectés, il ouvre la bouche

— …

— Te fatigue pas. Je sais ce que tu vas dire. Que tu me retrouveras. Moi, mes copines, Red, la petite Lena. Que tu vas nous attraper entre les jambes. Que nous devrons reconnaître ta force. Que tu nous feras nous agenouiller devant ta toute puissance. Et que ça te donnera sans doute une érection. Blablabla… Ou quelque chose du style. Ben faudra que tu attendes un peu. Tu vas être occupé dans les prochains jours. D'abord parce qu'il va falloir que tu trouves des bras pour remplacer les mecs qui sont en train de plier leur caravane et de se barrer en ce moment même. Ensuite parce que si tu regardes les réseaux sociaux, ils n'arrêtent plus de parler de toi. Y'a des types d'extinction bidon qui font campagne contre ton château. Ils ont découvert par hasard que tu as un avion et une piste d'aviation privée dans ta propriété ! Nan mais, tu te rends pas bien compte de l'horreur là ! Accessoirement ils ont également appris que tu brûles tes chevaux vivants quand ils deviennent trop vieux pour ton vin bio. T'es vraiment mal barré là. Je me suis laisser dire qu'ils seraient enchaînés à ton portail aux aurores demain matin. Bon, on est d'accord, ils sont autant manipulés que manipulateurs. Mais ça va être chiant de gérer la volée de journalistes qui sera devant ta porte.

« Remarque que ce ne sera pas le seul truc que t'auras à gérer demain. En parlant de tes ouvriers agricoles, y parait que des inspecteurs de la MSA se sont saisis d'un dossier de non-paiements de charges sociales. Une campagne de dénonciation du travail au noir dans le domaine viticole t'a pris comme exemple. A priori, ils seront là vers 11h demain matin.

« Alors je serais toi, je dormirais bien les quelques heures qui restent pour être en forme demain matin. Ça va vraiment être une journée pourrie. Avant quelques autres.

« Ceci dit, ce ne sera pas possible tout de suite, tu entends… C'est le moteur d'un avion qu'on entend là ? Oui, c'est bien ça, c'est un avion qui cherche à atterrir. Je crois que tes associés ont quelques questions à te poser. Faut dire qu'avec tout le ramdam autour de ta propriété, ils se disent que ça devient moins sûr pour eux. Ah ! et je me suis permis de les appeler cette aprèm pour leur dire qu'il y avait une descente des stups qui se préparaient parce que tu avais été négligent. Ils ont été très attentifs. Donc tu vas devoir passer une partie du reste de ta nuit à leur donner quelques explications. Te connaissant, je suis sûre que tu en trouveras tout un tas qui permettront de dire que tu n'y es pour rien, comme tu es toujours le plus fort en tout, c'est impossible que tu te sois trompé sur quoi que ce soit.

« Je dis qu'il faudrait que tu te reposes, mais même sans ces merdes à gérer je sais que ce serait de toute manière impossible. Tu viens de te faire mettre la misère par une nana. Putain une bonne femme que tu croyais être un mec et que tu croyais avoir baisé profond. Une gonzesse qui t'a battu à plate couture. Heureusement que tes vieux sont morts, sinon t'aurais pas fini de les entendre dire que t'es un loser. Loser ! Heureusement que ton frère lui...

— ...Sale PUTE !... Espèce de grosse SALOPE de gouine de PUTAIN de gousse de TRUIE...

— Vaut mieux que je t'attache au radiateur. Tu serais capable de faire une bêtise...

— ... grognasse de PETASSE camionneuse...

— ... Tiens, si tu le veux vraiment, je te laisse cette pince coupante. Si tu te coupes le pouce, tu devrais pouvoir sortir ta main de la menotte et nous tirer dans le dos[27]...

— ... GOUDOU transsexuelle...

— ... Pour le fun, j'ajouterais bien que le monde se divise en deux catégories, mais t'es même pas à la hauteur d'un ver de mouche à merde dans une crotte de chien sous la semelle d'une des bottes du seigneur Tuco[28]. On s'arrache, c'est tout.

---

[27] D'après Mad Max, film de George Miller – 1979

[28] Il buono, il brutto, il cattivo (Le bon, la brute et le truand), film de Sergio Leone – 1966

— … femme de MERDE de connasse de FIOTE châtrée…

La porte est franchie. Il continue à s'étouffer dans ses crachats et toute la merde qui lui sort par la bouche.

Par sécurité, j'ai ramassé un uzi. Je le calle sous mon bras gauche. La porte d'entrée est franchie à nouveau. Ça ressemble déjà un peu au chaos dehors.

J'avais envoyé un texto à J. lui disant que s'il avait de la famille ici, il vaudrait mieux qu'elle se barre rapidement avant que ça dégénère.

Les dernières caravanes quittent l'allée. Au grand dam des contremaitres qui tentent encore de leur courir après.

Il reste encore beaucoup de travail pour terminer l'accolage et assurer de belles vendanges.

Le bruit d'un avion en roulage après l'atterrissage. Le dernier clou dans le cercueil de ce taré de merde.

Son exploitation sert de machine à laver pour l'argent de quelques cartels. Argent facile. Tant que rien ne se sait.

Il y en a un qui vient faire une réclamation. Il n'a pas vraiment goûté être associé à la mauvaise publicité de ces derniers jours.

Nous remontons dans la voiture sans trainer. En un rien de temps, nous sommes au cul des caravanes.

Nous passons la grille devant les porte-flingues incrédules de nous voir sortir. La caravane prend à droite, moi à gauche. J'accélère pour foutre le camp.

Presque bien planqués, des véhicules d'interventions attendent les ordres. Quelques-uns sont déjà vides.

Moins de trois minutes plus tard, des fusées éclairantes illuminent le ciel derrières nous.

— Timing serré.
— Quoi ? Putain Dany, me dis pas qu'on a failli être au milieu de ce truc ?

— Pourquoi Red ? Tu doutes de mes capacités à préparer un plan ? que je sois devenue obsolète ? 40 ans c'est la fin, c'est ça ?

— Putain, mais à une minute près on y était encore !

— D'où la précision du minutage du plan… Et le fait qu'avec un portable on peut donner le signal.

— Salope !...

— Et tu croyais quand même pas que j'allais laisser une chance à ce cancrelat. Pas après la semaine qu'il vient de nous faire vivre. Ni avec ce qu'il voulait m'obliger à faire.

Le kilo de poudre estampillé du cartel que j'ai glissé dans le paquet cadeau servira de preuve irréfutable.

Avec les feuillets qui l'accompagne. Le réseau mondial est vraiment une source sans fin. Même pour les comptes bancaires. Il suffit du bon trousseau de clés.

Je regarde du coin de l'œil Lena à côté. Elle a l'air secouée. Cela lui fait beaucoup à encaisser. Et je crois qu'elle avait encore des sentiments pour ce type.

— Je…

— J'ai compris Dany. Il ne se serait pas arrêté. L'échec n'a jamais été une option pour lui. Je suppose qu'il n'y avait pas d'autres solutions pour que je puisse continuer à vivre tranquille. Je me suis faite à cette idée hier déjà dans la voiture avec Francis. Et je suis profondément désolée que vous ayez été mêlés à tout cela. Je savais qu'il faisait peur. Je n'aurais jamais imaginé qu'il puisse aller aussi loin.

— Je suis désolé.

— Ce n'est rien. Merci de m'avoir aidée. Peut-être même sauvée.

Des larmes coulent. Chagrin ? Soulagement ?

— A toi d'éviter ce genre de connard. C'est toi qui dois te sauver. Et qui dois te barrer dès qu'il le faut. Ton mec actuel a pas l'air mal non plus…

— Oui… je… je crois que je les attire… Vous savez s'il y a des cours pour ça ?

— Non, rien n'existe. Et oublie les pseudo coach en amour, ils te feraient coucher avec ton père. Laisse-toi la chance de faire autrement. Tu es belle. A croquer. Tu as les cartes en main.

Je ne sais pas si c'est de lui avoir dit ça ou mon regard dans le sien, mais elle est toute rouge.

Un milliard de choses me passent en tête à cet instant précis. Ce ne sont vraiment pas les circonstances qui vont avec.

Le danger est derrière nous. Je dégage le uzi et le tends derrière à Red. Je vérifie le cran de sureté. Red n'a jamais été doué avec les armes. Il le pose du bout des doigts sur ses genoux.

2 heures de route. Rentrer. Se foutre au pieu. Laisser le sommeil éloigner tout ça. Et la douche demain matin pour finir de me laver.

Mécaniquement, instinctivement, les images de la soirée repassent devant mes yeux.

Qu'est-ce que j'ai foiré. Qu'est-ce que j'ai réussi. Qu'est-ce que je peux apprendre pour progresser la prochaine fois.

Et tout le toutim de la combattante qui n'arrête jamais l'entrainement et cherche toujours à faire mieux.

Me revient alors la tête du taré quand il a découvert que j'étais une fille. Lui qui me prenait pour un garçon efféminé.

Et la tête de tous ceux avant lui. Toujours la même tronche de Pierrot tombé de la lune.

C'est mon corps. Il est comme ça. Je n'y peux rien. Et je l'aime bien. Tout compte fait.

Pour ce qu'il me permet de faire. Je le déteste de continuer à respirer. Mais c'est entre nous.

Je le déteste de me faire sentir grotesque quand tout le monde est à son aise et gracieux à regarder. Ça aussi.

Je suis née fille. Et je n'ai compris ce que cela signifiait que bien après ma naissance.

Fille, j'ai pourtant tout de suite préférée les jeux des garçons. Jusque vers mes dix ans je trainais toujours avec des garçons.

Et je jouais aux mêmes jeux qu'eux. Enfin, j'en avais au moins l'impression. Je jouais au foot ou au rugby. Je courais torse poil quand il faisait trop chaud.

Et eux me laissaient faire. Plate comme une limande. Plutôt ossue. La mâchoire carrée. Les cheveux courts.

Je pouvais passer pour l'un d'eux, même dans ces circonstances. J'étais assez naïve pour le croire.

Assez pour ne pas voir que déjà ils commençaient à m'exclure de certains de leurs jeux.

Comment auraient-ils pu m'inviter à essayer de pisser aussi loin qu'eux ? Ils n'étaient pas aussi stupides que moi.

Et petit à petit, je me suis sentie exclue. Jusqu'au moment où j'ai eu droit au « on veut pas jouer avec une fille ». Et d'autres trucs du genre.

Celui qui était le plus proche de moi, depuis quasiment la crèche, a tenté de me garder dans leur cercle.

Jusqu'à ce que lui aussi ce fasse emmerder. Traiter de pédé par ces imbéciles ignares se croyant devenir des hommes.

Pour s'en sortir, il a fallu que ce soit lui qui me fasse dégager. En jetant toutes mes affaires d'école par la fenêtre un jour de grosse pluie.

Le monde m'avait déjà explosé à la gueule. Et ce que je croyais comme encore digne à vivre s'échappait entre mes doigts.

La vacuité de notre existence. Et toute la merde que je trainais à mes basques parce que de grands connards avaient décidé pour moi.

Mes parents voyaient le changement dans le regard que je leur tournais. Dans les couleurs que j'abandonnais. Dans mon rejet de courir partout avec les copains.

Je restais enfermée dans ma chambre. Lisais et regardais tout ce que je pouvais sur la merde qui couvre la surface du globe.

Dans leur grande sagesse, et au bout de tout leur amour, ils m'inscrivirent à un cours de karaté.

Et je déchirais. J'ai pu montrer à tous les garçons que c'était moi qui ne voulais plus jouer avec eux.

Parce qu'ils étaient bien trop faibles. C'est avec les plus grands que je jouais déjà.

A ceux de mon âge, je leur mettais la raclée en compétitions et les couvrais de honte devant leurs potes et leurs familles.

C'est juste après que mes parents ont préféré prendre un arbre plutôt qu'un virage.

Ils sont morts sur le coup. La nouvelle qui te tombe dessus comme une bouse sur les chaussures pendant la récréation.

Chaussures que tu ne quittes plus des yeux pendant une éternité. Où le monde se réduit à quelques tous petits centimètres autour de tes pieds.

Où les gens qui te parlent se noient dans une espèce de brouhaha inaudible. Où tout est sombre autour et que tes pieds restent éclairés.

C'est d'abord mon frère qui m'a fait relever la tête. Me laissant chialer contre son ventre pendant des heures.

Et puis c'est tonton Jean-Paul. Mon parrain. Le frère de ma Mère. Quand il a hérité de nous.

Il n'a pas choisi. Il nous à accepter immédiatement mon frère et moi. Il aimait vraiment ma Mère. Presqu'autant que ce que je l'aimais moi.

A l'époque, il était militaire et vadrouillait pas mal aux quatre coins du monde pour ses missions.

C'est son pote Red qui s'est surtout occupé de moi. Officiellement, Red était le majordome. Nous habitions sur la base.

Nous devions être les seuls civils ou presque. Ce fut plus dur pour mon frère. Pour moi, ce fut presque un rêve.

J'étais la gamine qu'ils auraient tous voulue avoir comme fils. Sans forcer, je me retrouvais dans tous les cours de combats rapprochés.

La mécanique. L'informatique. Le maniement des armes. Et les explosifs. Qui viendront beaucoup plus tard à l'aune de ma courte existence d'alors.

C'est après deux années de ce régime que j'ai rencontré Louise. Et retrouvé un peu de lumière. L'adversaire qui m'a aidé était un adjudant dans la force de l'âge.

A treize ans, je le dépassais déjà de quelques centimètres. Je l'avais sans doute vexé en le déséquilibrant.

Une mioche qui le mettait au sol, lui l'instructeur expérimenté. Il n'avait rien fait pour éviter de me tomber sur le bras.

Me donner une bonne leçon. De celle qui sont là pour enseigner que ce sont les hommes qui ont raison à la fin.

Je n'en avais déjà rien à foutre. Et je lui en ai mis plein la gueule lors de nos combats suivants.

Je crois qu'il a même fini par développé une espèce d'affection. Voire d'admiration. J'ai su qu'il avait pris mon parti plus d'une fois.

La fin de la croissance et la puberté ont rendu les garçons et les filles de mon âge encore plus cons.

Effrayés par ma carcasse démesurément grande. Totalement ignorants de leur inutilité.

Et pire, ils commençaient à croire que leur vie avait un sens. Je les fuyais comme la peste. N'ayant rien à partager si ce n'est les cours.

C'était peut-être également un prétexte. Leur corps devenait définitivement genré. Le mien refusait encore de choisir.

Bien sûr, ma poitrine me faisait mal pour me faire croire qu'elle gonflait. Et mon pubis se couvrait de poils.

Et je finirais par recracher un bout d'œuf dans quelques gouttelettes sanguinolentes.

Mais je restais désespérément plate. Pourtant, quand je faisais la planche, juste avec un T-shirt, je sentais bien mes glandes mammaires peser un peu.

En rentrant la tête ou devant un miroir, je pouvais même les voir pendre très légèrement. Avec de l'imagination.

Et avec la mienne, fertile et déjà lubrique, la puberté m'a fait découvrir beaucoup de plaisirs solitaires.

A cette époque, j'appris que mon parrain était dans le renseignement. Que ses missions étaient de celles où le moindre détail comptait.

Un oubli, une imprécision et cela vous faisait rentrer dans une poche mortuaire. Si vous aviez la chance de rentrer.

Il n'avait même pas cherché à éluder ou à éviter la question. Il connaissait mon pouvoir de persuasion.

Il accepta même de m'enseigner les rudiments de la discipline. Repérer et enquêter sur sa cible.

Identifier les points forts et les points faibles. Trouver la faille qui peut permettre la bascule.

Echafauder une stratégie. Garder en ligne de mire la cible. S'adapter aux aléas et réagir rapidement.

Je crois qu'il me voyait comme une élève douée dont il serait dommage à terme de ne pas faire profiter la patrie.

Je ne lui dis pas que je faisais des travaux pratiques. Et que je méritais au moins 20 sur 20.

Pour mon frère, l'environnement militaire était trop à supporter. Il s'engueulait souvent avec Jean-Paul.

Il n'a jamais voulu développer de jalousie à mon encontre. Il y était pourtant fortement poussé par les Dany par-ci et Dany par-là.

Il m'a toujours sincèrement aimé. Il m'a toujours abreuvé de cet amour. Dès qu'il en avait l'occasion.

A ses dix-huit ans, il est parti sans se retourner. Je reçois une carte pour chacun de mes anniversaires.

Elles continuent d'arriver à la caserne qui me les fait suivre. Il n'y a jamais d'adresse d'expéditeur pour que je puisse répondre pour son anniversaire.

Je respecte son choix. Je n'ai jamais cherché à le loger. Malgré toutes ses précautions, cela resterait un jeu d'enfant pour moi. Littéralement.

Le temps continua de passer. Je serrais ma poitrine soit avec une bande comme ce soir, soit avec une brassière sans bonnet.

Et je passais encore aisément pour un garçon. C'est toujours plus rassurant pour tout le monde de voir une carcasse d'un mètre quatre-vingt-dix de genre masculin.

Surtout quand la carcasse ne montre aucun signe évident de féminité. Alors que bordel de merde, je peux faire tous les abdos du monde, je n'aurais jamais de ceinture d'Apollon.

J'ai des copines qui sont nées avec et ne s'en débarrassent pas. Elles sont belles. Moi, même avec mes abdos en béton, à peine le signe d'une ombre.

Ni de pomme d'Adam. Mais il peut y avoir un doute suivant l'ombre, la lumière, la position. Pour Appolon, aucun.

Je pourrais dire en plus que mon visage long et carré, ressemble vaguement à celui de Guillaume Depardieu.

En plus féminin. Alors, où que je sois, tout le monde préfère me voir comme un mec. Sauf au lit. Précision inutile.

Avant mes dix-huit ans, il y eu pourtant quelques garçons et quelques filles que j'ai réussi à torturer suffisamment pour qu'ils sortent avec moi.

Jamais de manière publique. La honte restait trop forte pour eux. Et je préférais également garder un halo de mystère autour de ma personne.

Et avec les hormones foisonnantes de cette période, j'ai réussi à perdre ma virginité. A quinze ans avec un garçon. Seize avec une fille.

Le premier garçon, revanche jouissive, fut ce garçon qui me suivait depuis la crèche.

Et ce fut le premier baiser avec Louise.

Passés mes dix-huit ans, la population de la base me regarda différemment. Presque du jour au lendemain.

Je soupçonne Jean-Paul d'avoir proféré d'innocentes menaces quant à ma minorité. La majorité atteinte, elles devenaient obsolètes.

Ce sont les jeunes recrues entre deux sexes qui apparaissaient le plus dans mon champ de vision. Comme des papillons attirés par une lumière soudainement allumée.

Je me suis vraiment déniaisée à partir de ce moment-là. L'introduction de sex-toys est un art délicat quand il s'agit d'une base militaire.

Tous les détecteurs, toutes les fouilles, tous les zélés. Toutes ces chausse-trappes sont à même de débusquer le jouet.

Et un gode dévoilé à l'ensemble de la population locale, avec passage auprès de la hiérarchie, perd instantanément toute sa magie.

Cela demande donc beaucoup d'imagination pour le rendre indécelable. Et parfois, cela demande énormément de self-contrôle.

Garçons. Filles. Ils me prenaient. Je les prenais.

Les garçons bi m'apprirent que leur jouissance n'était pas que dans l'éjaculation.

C'est-à-dire que les astiquer avec l'une de mes mains, voire, les deux, avec ma bouche ou avec mon sexe, cela manquait souvent d'attrait.

La subtilité de la caresse de la zone la plus sensible de leur sexe leur provoquait des vagues de jouissance bien plus intenses.

Jusqu'à ce que sous mes doigts légers, leur gland, repu d'orgasmes, explose dans un feu d'artifice spermique leur faisant se recroqueviller chacun des dix orteils. Et éveillait beaucoup plus leur intérêt.

Ils m'apprirent également à les amener correctement, avec la douceur nécessaire suivi de la fougue demandée, à l'orgasme anal.

Les filles m'apprirent à me servir correctement de mes doigts et de ma langue. Elles m'apprirent également à me servir de mon corps tout entier.

Où et comment le toucher. Où et comment le bouger. J'appris que le sexe pouvait durer des heures. Voire des jours en prévoyant le ravitaillement.

Les filles bi m'apprirent l'art de la pénétration. Comment la recevoir. Comment la donner. Avec une panoplie infinie d'objets de formes, de couleurs et de textures que mon corps ne sait plus compter.

Je suivais cela comme des entraînements. Des initiations à de nouveaux mouvements, à de nouveaux enchaînements.

J'y assistais avec la même assiduité, la même application, la même joie que lorsque j'étais sur un tatami.

Je regardais faire les maîtres. Et j'essayais de refaire les mêmes gestes qu'elles. Et elles me montraient encore. Jusqu'à ce que mon geste devienne juste. Et puis le suivant.

J'avais soif de cela. J'avais soif de toutes ses connaissances dès que je trouvais un maître digne de ce nom.

Il paraît, m'a dit un jour Red, qui tenait ça de la lecture d'un grand sage, qu'il y avait un dicton chinois qui disait que lorsque l'élève est prêt, le maître apparait.

Je crois que j'étais prête. Très souvent. Et prête à tout.

Les garçons gays me regardaient comme un animal étrange, plutôt dégoutant. Vraiment pas intéressés en dehors des tatamis.

L'un d'eux voulu essayer une fois. Il avait réussi à se persuader que ce serait comme avec un garçon.

Quand je me suis mise au-dessus de lui, appuyée sur mes bras, et que l'attraction terrestre a légèrement gonflé ma poitrine, il est parti en courant.

Les garçons hétéros venaient très peu vers moi. Et moi très peu vers eux. Peur de perdre leur virilité ?

Comme je la leur faisait perdre sur chaque activité où je les croisais en public sur la base.

Moi, je ne voyais pas trop quoi apprendre d'eux. Ils n'étaient pas des maîtres. Sauf certains d'entre eux beaucoup plus âgés.

Les filles hétéros, par définition, ne me croisait jamais en dehors des entraînements ou des gardes.

Il m'est arrivé une fois d'en croisée une dans ma chambre. J'y était avec son mec.

Me mettre en couple ? Je remettais à fond « I wanna be your dog ».

Lorsque j'eu mon bac, je m'engageais illico. La vie de mon parrain me fascinait. Syndrome de Stockholm.

Les moyens, entrainements et sources d'informations, que je gardais à disposition me permettrait de pouvoir tenir ma promesse.

Je n'avais aucun sens à ma vie. Je ne voulais lui en donner aucun. Et avoir des personnes qui me disaient quoi faire me convenait parfaitement.

A l'époque au moins. La musique me permettait de laisser libre court à ma colère. Elle ne m'avait pas encore aidée à m'occuper de moi.

Jean-Paul n'a rien fait pour m'en dissuader. J'étais sa recrue phare. Brillante. J'ai fait du renseignement.

A boulot égal, j'avais solde égale. Avoir une femelle dans les rangs les faisait chier. J'en rajoutais et finissais première.

J'ai même eu droit à des stages avec la légion. Les bonhommes qui refusent toujours les bonne-femmes.

A crapahuter avec eux dans la merde de la jungle. A leur tenir tête. A me relever. A les battre. A les aider. Ils ont fini par se cotiser et m'offrir un képi blanc.

Je l'ai encore quelque part. Je me fous de tout. Ces cons-là m'ont offert un truc auquel ils sont très attachés. J'en prends soin.

Quand je rentrai de ce stage, Louise soutint ses deux thèses.

J'ai beaucoup voyagé. Eté sur beaucoup de terrains d'opérations. Participé à beaucoup d'actions.

Et j'ai eu les félicitations du jury. Pas de médaille officielle. Impossible pour ce genre de mission.

J'ai eu des remerciements écrits. Et chaque remerciement était une pelletée de boue supplémentaire sur mon cercueil.

J'excellais. J'étais une machine. Je n'étais qu'une machine. J'étais leur machine. Leur instrument.

La merde qui avait éclaboussé mon visage d'enfant me revenait par seaux entiers. Et c'est moi qui les remplissais.

Je faisais. J'œuvrais pour ce qui m'avait enseigné la vacuité et l'horreur de ce monde.

A chaque mission, nous étions présentés comme des sauveurs. Sauver des vies. Sauver la République. Sauver le Monde.

Je n'étais pas assez naïve pour ne pas comprendre que nous dominions et que nous écrasions un peu plus les dominés. Ou que nous aidions ceux qui nous dominaient.

Je ne savais pas ce qui serait écrit dans les livres d'histoire. Je savais qu'une gamine ou qu'un gamin de 9 ans le lirait. Et trouverait ça merdique d'avoir fait ça en son nom.

Je n'étais pas assez naïve, mais assez stupide pour ne pas en tirer de conclusion. Je sentais un trou se creuser dans mon ventre et un trop plein dans le plexus.

Je n'adoptais pas non plus de comportement suicidaire. Quand je partais en mission, c'était pour l'accomplir et rentrer.

Me prendre une balle et y rester ne me gênait pas. Mais uniquement si j'avais tout donner pour y échapper.

Défier la mort comme l'aurait dit le vieux Don Juan dans ce bouquin usé chez Red. La défier pour pouvoir mourir dignement.

Pour les exfiltrations, les infiltrations ou le renseignement sur zone ? Malgré la merde qui pleuvait, j'essayais simplement de rester humaine.

Pour les coups de pouce aux changements de régime auxquels la République consentait ? Je me faisais des agendas cachés.

Le type à pousser au Capitole ? Comme le Dr. Villega[29], il faisait le sacrifice ultime pour son peuple.

La mission était accomplie avec succès. Félicitation du jury. Mon agenda se déroulait. Je pouvais encore regarder ma gueule dans une glace.

---

[29] D'après Giù la testa (Il était une fois la révolution), film de Sergio Leone – 1971

Jean-Paul et Red lisaient sur moi ce qui se passait. Ils n'ont rien dit. Ils m'ont laissé prendre ma propre décision. La première pour ce qui concernait ma propre vie.

C'est quand Jean-Paul fut nommé en charge d'un bureau de la DST que je suis partie.

La colère se faisait enfin comprendre et je pouvais la libérer. J'avais fait les années que je devais. Je pouvais quitter le service.

Je savais pertinemment que je resterais sous surveillance pour garder secret ce que j'avais vu et fait.

Avec mon parrain dans les murs, je savais que la surveillance serait tolérable. Et je n'avais pas l'intention de la rendre intolérable.

Pour renouer avec la vie du dehors, je suis partie faire quelques saisons dans une ferme.

Le fermier du coin n'avait pas encore tout mécanisé. Il ne pouvait pas tout faire tout seul. Je me louais pour pas cher.

Rien d'extravagant. Quelques tâches usantes. Le corps plus que la tête. Il pensait pour moi. Je faisais.

Régulièrement des visites. Les voitures de la chambre d'agriculture. Celles des représentants de matériels. Et de chimie.

Tous poussaient dans le même sens. Il fallait investir plus. Prendre les dernières générations de tous ces trucs pour faire augmenter les rendements et vivre grassement.

Des promesses que la banque des agriculteurs était toujours prête à concrétiser. Et posséder toujours plus de terres.

Il était loin de ce personnage vantard en classe affaire qui s'enorgueillissait d'être agricule et de faire 70 000 francs[30].

____

[30] *L'aventure, c'est l'aventure*, film de Claude Lelouch – 1972

Il arrivait tout juste à se sortir de quoi changer de vêtements une fois par semaine.

Je lui faisais faire quelques économies en bricolant pour réparer tout ce qui était mécanique ou électronique.

Je m'amusais bien avec son fils. Celui-ci travaillait à la ville et rentrait les week-ends.

Il avait de l'attachement à cette ferme. A cette terre. Et même à son père et à sa mère.

C'était pourtant tendu. Son père ne supportait pas de le voir arriver en robe et maquillé ostensiblement.

La semaine, c'était des remarques permanentes des péquenauds du coin. Des jeunes encore plus que des vieux.

Pas que les vieux aient moins à dire. Ils avaient simplement plus de respect pour le père et la mère.

Avec le fils, nous avons fini par nous découvrir un même attrait pour les fenils aux odeurs qui vous font perdre toute raison.

Il aimait par-dessus tout avoir une oreille pour l'écouter. Ce qu'il n'avait jamais eu jusque-là.

Il avait suffisamment de force pour envoyer tout balader Se montrer insensibles aux basses brimades quand il allait chercher le pain au village.

Il restait fier dans ses tenues féminines colorées. Comme si rien ne l'atteignait. Comme s'il était plus fort que ça.

Le dimanche après-midi, à l'heure de la sieste, allongés sur le foin, il laissait couler son désespoir.

Son ras-le-bol. Sa peine de voir ses parents en souffrir. De ne pas l'accepter comme il était.

Sa mélancolie. Son mal-être. Sa tristesse. Son dégout. Décuplés quand le matin la boulangère fière d'être revenue dans son village passait Françoise Hardy en boucle.

« Ils savaient rire, tous mes amis / Ils savaient si bien partager mes jeux ». Ils savaient que dalle.

A part lui faire comprendre qu'il n'était pas comme eux. Qu'il n'avait rien à faire sur cette terre. Qu'il ferait mieux de se barrer. De crever pour les laisser respirer.

La douce musique de la franche tolérance et de l'acceptation des différences. De celle qui rend ton enfance aussi joyeuse qu'un furoncle vidé à coup de perceuse sur percussion.

Et malgré tous ces connards et toute cette hostilité, le même attachement à la maison où il avait grandi.

Son père a fini par nous trouver dans la grange. J'ai dû partir. J'ai appris plus tard que le fils s'était pendu.

Il s'était dessapé. Il avait plié correctement sa plus belle robe. L'avait posée sur ces talons hauts. Et avait suspendu son corps tel qu'il le voyait à une poutre.

Comme dans une scène d'un film japonais[31], sa mère avait finalement demandé à ce qu'il soit enterré dans sa plus belle robe. Maquillé et coiffé.

Je partais en ville. Je prenais une mansarde. J'avais la moitié de l'assurance vie de mes parents. Je regardais venir.

J'ai beaucoup trainé. J'ai enchaîné beaucoup de nouvelles expériences. Je voyais Louise. Uniquement quand j'étais en manque absolu.

J'avais terminé de régler leur compte aux 15 connards. C'était enfermé quelque part dans ma poitrine. Le bruit qui en sortait m'aidait à rester à l'écart de Louise.

J'ai trouvé de nouveaux tatamis. J'ai cherché longtemps avant de trouver un nouveau maître.

Et à force de sortir, j'ai entendu des gens qui cherchaient des trucs. Et moi j'ai commencé à les leur procurer.

Ce que j'avais appris me servait toujours. La différence, c'est que c'est moi qui choisissais le client et la mission.

---

[31] Okuribito (Departure), film de Yôjirô Takita – 2008

Jean-Paul faisait appel à mes services de temps à autre. Je savais que c'était sa manière de montrer à la République qu'il avait toujours un œil sur moi.

Suivant comment il était dans la merde. Suivant comment la merde puait. Je lui disais oui ou je lui disais non.

Au final, je continuais de renforcer mon corps. Je continuais de renforcer mon esprit. J'apprenais encore de nouvelles techniques. Je cumulais plus d'expériences.

La promesse que j'avais faite à Louise était-elle devenue le sens de ma vie ? Le but à atteindre ?

Non. Toujours ni sens ni but à cette vie totalement inutile. A une existence humaine vaine par définition.

Vivre. Se démener comme une démente à perdre sa vie. Tenter 1 ou 2 trucs. Perçus différemment de l'intention.

Eviter le piège des vingt-neuf ans, mariée, une maison, deux gosses et un chien. Se sortir des merdes inévitables. De celles évitables.

Blesser ceux qui vous entourent. Essayer de se réconcilier. Pour se blesser encore et encore. Jusqu'à en crever.

Se laisser emmerdé par son corps devenant débile. Les hormones qui vous font chier passé l'âge fatidique. Et plus tard, les sphincters qui ne tiennent plus rien.

Se laisser abîmer par un intellect devenant sénile. Devenir conne à bouffer sa merde. Pleurant pour en finir enfin.

Et puis terminer comme un tas de cendres poussé par le vent. Où perdue en humus inutile.

Avec l'univers tout autour de nous. Aussi vide que nous. Et malgré son spectacle pyrotechnique, également insensé.

Ma promesse s'éteindra avec moi. Et je laisserai Louise seule. Aucun aboutissement dans tout ça.

Les lumières de la ville me piquent les yeux. Leur violence me ramène à la réalité et à la fin de ce trajet.

Le retour s'est passé sans un bruit. Red n'a pas ouvert sa gueule. Il ne voulait pas que je la lui ferme.

Lena s'est assoupie. Elle pouvait enfin dormir d'un sommeil libéré. Ce que je m'apprêtais à faire dans quelques instants.

Je la réveille en passant mes doigts sur sa joue.

> — … ?

> — Nous sommes arrivées. Tu as le numéro. Dès que tu te sens prête. Dès que tu sais où aller. Tu appelles. Le chauffeur t'y conduira. En attendant, profite de l'hôtel et de ses services. Tu n'as pas de date limite. Les frais sont pris en charge.

> — … Merci Dany… Bonne nuit. Tu passeras me voir ?

> — Seulement si tu m'appelles.

> — Bonne nuit. Bonne nuit Red.

Elle descend sans trop savoir ce qu'elle fait. Je redémarre. Je la laisse comme une zombie perdue devant le hall lumineux de l'hôtel Métropole.

Je dépose la voiture au garage quelques rues plus loin.

> — Red tu fais chier. J'ai plus la force de te péter la gueule. Je repasserai demain pour t'en mettre une. Laisse-moi vingt-quatre heures. Maintenant que cette histoire de merde est finie, je veux plus entendre parler de toi avant longtemps.

> — Tu sais que je suis désolé Dany. Je suis un con, tu le sais aussi. Je t'attends demain pour prendre ce que je mérite.

Chacun appuyé sur le toit de la voiture. Se regardant sans vraiment se voir.

> — Je vais me pieuter. Passe le bonjour à Jean-Paul. Et numérote tes abattis, ça va faire vilain demain.

> — Et qu'est-ce que je fais de ça ?

> — Tu le donnes à Jean-Paul. Je suis sûre qu'il a des dossiers où ce uzi pourra s'avérer utile. Ciao !

Sortie sur le trottoir. J'hume l'air du matin qui vient. Encore une nuit qui ne m'a pas engloutie. Malheureusement.

La blue note peut sonner. Je reste sourde. Trop épuisée. Mâchée par cette conne d'histoire.

Quelques douleurs se font déjà sentir là où les balles n'ont pas pu pénétrer. Quelques bleus à soigner avant de dormir. Ça reste dans le ton. Clap de fin. Ciao bises.

— Ah ! te voilà enfin réapparu l'aide merde.

— … ?

— Tu m'remets ?

— … Putain, j'ai failli pas te reconnaître ! Avec ton bonnet. Sans ton crâne rasé… J'te r'mettais vraiment pas. Maintenant, avec ce regard de bâtard débile…

— Putain d'enculé de ta race… c'est pas un bonnet. Tu m'as cassé le crâne ! Ce truc, c'est ce qui permet de le recoller. Ça et tous les cachets qui me shootent grave… D'abord tu m'as empêché de punir une mauricaude. Ensuite tu m'as fêlé le crâne… Putain, tu vas prendre cher la girafe.

— T'es sûr qu'il y a que le crâne de cassé ? Vu la merde incompréhensible qui sort par ta bouche. Je dirais que ta cervelle aussi est toute pétée. Et vu comme t'es con, je dirais qu'elle l'était avant que j'te croise.

— J'vais t'faire comprendre j'te dis.

Vingt types. Sans bonnet. Au crâne bien luisant. Ils sortent de l'obscurité derrière lui.

— Dites aux autres qu'on l'a trouvé et qu'ils peuvent rappliquer.

Chierie ! Pouvaient pas attendre demain que je puisse me pieuter tranquille ? J'ai déjà analysé l'endroit. La rue sur ma droite pour rejoindre un endroit où leur nombre ne sera plus une menace.

Mes jambes ont déjà embrayé pour détaller et rejoindre le terrain à mon avantage.

Pour ne pas perdre de temps au démarrage, le pas du samouraï. Les genoux ne montent pas. Meilleure réactivité.

Aller au bout de la rue. Prendre sur la gauche. A gauche de nouveau. Et maintenant à droite.

Je devrais arriver dans une petite ruelle où ils ne pourront pas être à plus de deux de front.

Première à gauche, j'arrive sur la deuxième… Et merde. D'autres skins sortent de là où je voulais aller.

Plan A grillé. Tant pis, plan B. Le parking en sous-sol un peu plus loin sur la droite. Désert à cette heure-ci.

De la hauteur sous plafond. Peu de véhicules. De la lumière. Ce qui devrait me permettre de les voir et de limiter les angles morts.

En voilà une drôle de scène pour finir. Tout appel est de toute manière inutile. Personne ne viendra.

Si j'avais gardé le uzi… Les connaissant, il n'y aura pas de flingue. Pour le reste, ils ont sans doute amené tout ce qu'ils pouvaient trouver.

Finir sur un tatami. Classe. Même s'il est en béton peint. Maîtres ! Merci pour vos enseignements. Je veux vous rendre honneur ! Et en être digne.

Ils déferlent derrière moi comme des rats envahissant une benne à ordures. Putain, mais ils sont encore si nombreux ces cons ?

Tous habillé pareil et avec la même tête. Une invasion d'agents Smith[32]. Quoiqu'avec leur crâne rasé, ils sont aussi angoissants qu'une nuée d'Olmèques[33].

---

[32] Matrix reloaded, film de Lana et Lilly Wachowski – 2003
[33] Les mystérieuses cités d'or, série d'animation – 1982 et 1983

Pourquoi ? Comme si cela était prévu et chorégraphié, je me retrouve au milieu de tous ces petits connards extrémistes.

Habillée en jaune, je pourrais presque me la jouer contre 88 fous[34]. Avec la puanteur de la sueur, de la poussière et des moteurs thermiques.

Je n'ai pas d'autres armes que mon corps. Eux, ont vraiment tout ce qu'ils pouvaient porter : katana, couteau, batte de baseball, masse d'arme, hache, serpe, machette, lance, hallebarde, panneau de signalisation et tout un tas d'autres ustensiles devenus armes par destination.

Je me sens aussi excitée et la même envie de tout péter que Dave Grohl montant sur scène derrière ou devant une batterie.

Avant que le combat ne commence, je rentre dans ma bulle. Presqu'instantanément, je libère mon esprit.

Le temps qu'ils se mettent en place, avec l'adrénaline et l'endorphine de la course, mon état de conscience se modifie.

La musique me revient en tête à cet instant. La fin de « Sit down. Stand up ». Le début de « Sail to the moon ».

Mes pensées fusent et jaillissent comme des rayons lasers dans un combat spatial.

Elles explosent littéralement. Et le vide se crée. Tout devient lent. Je continue de percevoir à la vitesse de l'hyperespace. Tout autour de moi est au ralenti.

Je peux garder cet état une quinzaine de minutes. Après je sors de zone et reviens à vitesse normale.

Il y en a un qui sort du rang. Très sûr de lui. La foule qui nous entoure l'encourage à grand renfort de cris.

Sans doute leur champion. Beau bébé. Des muscles qui sortent de partout sous son T-shirt kaki. Je fais brindille à côté de lui.

---

[34] Kill Bill – Volume 1, film de Quentin Tarantino – 2003

Beaucoup de temps passés en salle. Quelques marques sur ses poings pour dire qu'il a fait également quelques combats.

En force brute, ma naissance ne me donnera jamais l'avantage face à ce type d'adversaire.

J'ai d'autres atouts que j'ai travaillés. Vitesse. Précision. Connaissances. Esprit. Et des heures de combats avec ma vie en jeu.

Un autre atout qui me suit depuis presque toujours. Ma taille. Je n'ai pas eu besoin de la développer. Juste apprendre à l'utiliser correctement.

Je le dépasse de plus d'une tête. J'ai l'avantage de l'allonge. Il reste à distance en prenant différentes positions d'attaques.

Face à un adversaire de ce gabarit : utiliser sa force, ne pas se laisser attraper et lui faire péter les plombs.

Je le laisse faire sans bouger. En position de défense. C'est à lui de venir. Je ne bougerai pas.

Il finit par se lancer sur moi. Je le stoppe avant qu'il ait pu trop approcher. Petit coup de pute à la Bruce Lee[35].

Je lui mets un coup sur le tibia gauche du bord de mon pied droit. Pas très dangereux. Extrêmement agaçant.

Il recule un peu. Recommence à tourner dans différentes gardes. Je ne bouge toujours pas.

Il se décide finalement à revenir à la charge. Je le stoppe de nouveau par un coup identique de mon pied droit sur son tibia gauche.

Même endroit, douleur amplifiée. Agacement décuplé. Je l'augmente encore en lui souriant.

Je continue dans la putasserie bruceleeienne. Je lui fais un grand sourire. Sautille un peu.

---

[35] D'après la filmographie de Bruce Lee – 1969 / 1973

Me mets en position. Main gauche tendue vers lui. Mes doigts se repliant pour lui faire signe d'attaquer.

Je bouge un peu. Lance une fausse attaque. Il tente de répliquer. Nouveau coup sur le tibia.

Il est bientôt à point. Je sautille à nouveau. Mets mes pieds en position. Me passe le pouce sous le nez. Et tends encore mon bras.

Je lui fais de nouveau signe d'approcher. En accentuant encore le sourire foutage de gueule.

Il essaie de garder son calme. Il a un peu d'expérience de combat. C'est bien leur champion.

Il hésite. Il a le soutien des encouragements et la pression de tous les yeux de la troupe derrière lui. Il ne peut pas se laisser humilier.

Il respire. Souffle doucement. Se lance de nouveau. Fait plus attention à ses jambes qu'à ses bras.

Il bat l'air. J'esquive sans peine. Je lui ouvre une porte. Je lui assène un coup de poing dans son pectoral gauche.

Il recule un peu. Le choc passe rapidement. Il revient à la charge. Il veut lancer sa jambe. Nouveau coup sur le tibia.

Il est mûr. Il dégoupille carrément. Se jette sur moi de toutes ses forces. Il est en puissance maximale. Avec une lucidité très basse.

Je pare aisément ses coups que je vois venir. Ma main droite lui saisit le tranchant de sa main gauche. Ma main gauche prend son poignet gauche.

La clé est fermée. Ma main droite entraine sa main gauche vers le bas, tandis que ma main gauche fait une petite rotation en poussant son poignet vers le haut.

Il s'envole. Ses pieds dans les airs passent au-dessus de sa tête. Je l'accompagne. Le fait retomber sur le dos. Lourdement.

A 24 ans d'écart, l'effet est quasi le même. Son entrainement évite à son cœur de s'arrêter immédiatement.

Il se relève difficilement. Il est commotionné. Il ne sait plus trop où il est. Il bat l'air encore dangereusement.

Sa garde est mauvaise. Je tape à l'intérieur de chacun de ses avants bras du plat extérieur de mes mains.

Ses bras s'écartent. Donnant au champion des airs de grand oiseau cherchant à s'envoler pour de bon.

Je pivote vers son bras gauche. Lui frappe la base du larynx du tranchant de la main.

Le sang circule déjà péniblement. L'air et son oxygène sont gênés pour aller jusqu'aux poumons.

Moins d'oxygène dans le sang et sang plus rare au cerveau. Il est au seuil de l'arrêt d'urgence.

Je continue de tourner. Glisse sous son bras. Me retrouve dans son dos le regardant devant moi.

Je lui frappe simultanément de part et d'autre du cou avec la lame de chacune de mes mains.

Totalement privé d'irrigation momentanément, son cerveau déclenche la procédure d'urgence.

Il s'écroule. Avec l'assurance qu'il restera au sol les 10 prochaines minutes et dans les vaps les quelques heures suivantes.

Moins de quatre minutes. Mon ascendant sur la meute augmente. Les cris se sont tus. Ils ont vraiment peur de moi.

Le type au pansement est resté en retrait. Juché sur quelques marches. Il harangue ses troupes.

Un autre sort du rang. Champion en second ? Il est armé d'un sabre japonais. A voir comment il le tient, il a pris des cours.

Et il a regardé beaucoup trop de films. Il tourne autour de moi. Je reste immobile.

Face à un adversaire autant attaché à son arme : le priver de celle-ci et avoir le knock out avant qu'il ne s'enfuie.

Mon avantage joue à plein. Je tourne la tête, il a un mouvement de recul. Il reste prudent.

Je fais reculer mes épaules pour les dégager de mon blouson. Je prépare le coup suivant pour garder l'initiative.

Je le laisse passer sur mes huit heures. Il se pense dans un angle mort. Il attaque. Entraîné, mais lâche.

Il brandit son sabre pour tenter de me fendre de haut en bas. Même si je le laissais faire, il n'y arriverait pas.

Vu l'imprécision dans son geste… Il m'enlèverait certainement un morceau de cuir chevelu.

Le tranchant de son sabre rebondirait et changerait d'angle pour fuir le long de mon crâne. Il ne fendrait rien du tout.

Et je ne le laisse pas faire. En un seul mouvement, je laisse tomber mon cuir de mes épaules.

Mes bras se plient pour sortir plus rapidement. Ils se détendent ensuite en partant à la poursuite du blouson.

Mes mains rattrapent les manches et je le tends au-dessus de ma tête comme une corde. Jambes fléchies pour être à hauteur.

La lame frappe la doublure kevlar du cuir. Je laisse glisser les manches à l'intérieur de mes mains. La souplesse de la corde tendue absorbe la puissance du coup.

J'accompagne ensuite le mouvement de la corde de mes bras. Je me plie pour passer dessous.

En même temps, mes bras ferment la boucle et y enferment le sabre. Katana complètement immobilisé.

La peur et l'incompréhension déforme le visage du champion en second. Il ne sait plus du tout comment réagir.

Privé de son sabre, il est totalement impuissant. Incapable de réfléchir, il reste dans la position de celui qui subit.

Je ne lui laisse pas le temps de se reprendre. J'enchaîne dans la même seconde pour le mettre hors d'état de nuire.

Ma main droite lâche la manche en même temps qu'elle se saisit du sabre. La gauche lâche à son tour et fait une clé sur la main droite de l'aspirant sabreur.

La première main dégagée, bloquée par la mienne, vient donner un coup sec dans son autre poignet. La poignée s'échappe de la prise de la deuxième main.

En même temps que ma main droite rattrape le sabre et le cuir, la gauche lâche sa prise et claque très rapidement à plusieurs reprise les tempes de l'adversaire.

Le flux sanguin vers le cerveau s'en trouve perturbé. Je termine par un coup de l'hypothénar et du bas de l'éminence thénar, le talon de la paume, sur son front.

L'onde se répercute au cerveau. Ses réactions déjà perturbées. Il décide de tout mettre en sécurité et provoque le KO.

Gagné : un sabre.

La foule a un mouvement de recule après la perte rapide de ses deux champions. Le cercle s'éloigne un peu.

En moins de six minutes, leurs deux atouts maitres sont tombés. Ils ne m'ont même pas touchée.

Gagné : +10 sur la peur des assaillants.

Dans un film, un sabre à la main, ce serait un festival de membres tranchés. De têtes qui roulent. Et de giclées d'hémoglobine.

Dans la vraie vie, le sabre que j'ai en main trancherait à peine une pastèque. A condition qu'elle soit bien mûre.

Même avec une vraie lame et parfaitement affutée, tranchée un membre reste un geste définitif.

Pour celui qui le reçoit, c'est entendu. Pour celui qui le donne également. Il faut tout mettre pour réussir ce geste.

Il permet de finir un duel. Celui qui réussit le coup reste debout et le duel est terminé.

Face à des adversaires multiples, il offre beaucoup trop de temps aux autres pour frapper avant de reprendre sa garde. Game Over.

La lame devra donc voler aussi vite qu'un essaim de frelons. Frapper avec précision pour éliminer le maximum d'adversaires.

Frappe non létale pour perturber le flux sanguin et provoquer le KO. Frappe létale au niveau des artères.

L'artère brachiales à l'intérieur du coude. L'artère fémorale à l'intérieur de l'aine. L'artère carotide sur le côté du cou.

Pas besoin de frappe forte. Elle doit être précise. Avec l'engin que j'ai en main, peu de chance que je coupe quoi que ce soit.

Ils auront donc le loisir de se réveiller au bout de quelques minutes. Groggys. Avec du mal à se remettre sur leurs jambes.

Passés quelques minutes de plus, ils pourront partir et rentrer récupérer dans le canapé de leurs parents.

J'enroule mon cuir autour de mon bras droit. Ma main gauche tient la tsuka. Un peu poissée par des mains moites.

A la mode d'une provocator, je me lance à l'assaut des tribunes du colisée pour en abattre le petit Imperio de pacotille qui hurle la mise à mort.

Toujours bloqués par la peur. Je décime les premiers rangs. Ils n'arrivent pas encore à réagir.

Je frappe de la lame. Des cous, des cranes, des bras, des jambes. Du tsuka-gashira, le bout de la poignée, je frappe des articulations, des fronts, des tempes.

De mon bras droit, j'esquive et je pare. L'épaisseur du cuir protège mes os aussi bien que ma peau.

Je peux également asséner quelques coups dans les nez, mâchoires, cous ou clavicules trop imprudents.

En quelques virevoltes, ils sont déjà une vingtaine au sol. Hors service. Geignant et râlant.

Ce qui augmente encore mon emprise sur le nombre restant. Je saute d'un côté en poussant des grands « Ah ! ». Et ils s'écartent.

Gagné : encerclement brisé.

En quelques sauts, l'espace vers le fond du parking s'est dégagé. Me ménageant une autre porte de sortie.

Ils ont resserré les rangs devant et maintenu une présence sur chaque aile. Le gueulard sur ses escaliers doit être défendu.

Sa harangue continue de plus belle, insultant ses hommes, les trainant plus bas que terre.

Dans une tentative quasi suicidaire, trois hommes sortent du rang. Ils sont équipés d'armes longues.

Ont-ils pensé que ce serait une tactique adéquate pour mettre à mal mon avantage de la taille ?

Comme dans tout retournement au cours d'un combat, il s'agit plus d'instinct. Et souvent cela suffit.

Ils se ruent sur moi de front. Je bloque leurs lances avec le sabre. Ils me repoussent pour me déséquilibrer.

Ils continuent d'avancer. Sans doute parce qu'ils ne savent pas quoi faire d'autre. Je recule avec eux.

La vague de Hokusai va m'engloutir. Elle est beaucoup trop haute et puissante pour moi. Elle va me briser.

Et au milieu du flot, le visage de maitre Laird se dessine doucement. L'archange Hamilton vient me parler.

> — Si la vague ne t'accepte pas, n'insiste pas. C'est inutile. Tu ne peux rien y faire. Respire profondément. Laisse-toi glisser. Si ta peur te submerge, alors c'est que tu n'avais vraiment rien à faire là.

Si je ne veux pas être brisée par la vague, je dois passer dessous. Abandonnant mon arme en la repoussant vers le haut, je me laisse tomber sur les genoux.

Leurs corps continuent de foncer sur moi. Encore plus vite maintenant qu'il n'y a plus de résistance.

Avant qu'ils aient le loisir de réagir, je suis déjà à la bonne distance pour frapper.

Je frappe avec chacun de mes poings. Je frappe chacune de leur artère fémorale. La gauche de mon poing droit dans le cuir. La droite de mon poing gauche libre.

Déjà pris par l'angoisse, leur cerveau en difficulté imagine déjà la perte d'une pièce importante de leur entrejambe. Le signal de la douleur est suramplifié.

Ils titubent déjà quand je suis entre les deux en face de moi. Du mouvement retour de mes poings, mes coudes frappent leur genou.

Le gauche avec mon coude droit. Le droit de mon coude gauche. Au claquement, les latéraux et croisés ont lâché en même temps.

Leurs membres inférieurs se défilent sous leur poids. Ils tombent à la renverse. Leur peur continue de les faire surréagir.

Ils en sont au moins à 12 sur l'échelle de la douleur de 1 à 10. 10 étant le plus élevé.

Suivant avec acuité leur chute, mes poings repartent en haut vers l'avant et frappent leur mâchoire. Deux KO certifiés.

Reste le troisième lascar, le plus à ma droite. Il était hors de portée pour faire un strike.

Il arrive dans un mouvement désespéré à faire une rotation sur ses talons et lancer son panneau de signalisation dans mon dos.

Son sens unique me frappe entre les omoplates à plein puissance. Je suis propulsée vers l'avant.

Être fille ne me donne pas moins de résistance à la violence des chocs. Tu enfanteras dans la douleur… Je sais très bien encaisser.

Rouler au sol pour me reprendre rapidement. Ne pas laisser la douleur s'installer. Je laisse s'échapper mon cuir.

Tromper mon cerveau. Lui faire croire que tout va bien. L'empêcher de vouloir me protéger. Continuer à me faire mal.

Ma roulade ressemble plus à un saut de grenouille bizarre. Toute l'énergie transmise par le panneau et par mon poids se comprime dans mes bras.

Mes deux mains, paumes grandes ouvertes au sol, me servent d'appui pour retenir ce Qi.

A son plus haut, je le relâche vers l'arrière. Mon corps se détend comme la corde d'un arc tirée à son maximum.

Je propulse mes pieds dans les jambes de celui qui s'est précipité derrière moi. Brandissant son panneau pour m'assommer.

Sous la violence du choc, ses pieds se dérobent instantanément. Privé de son socle, le reste du corps bascule vers l'avant.

Les bras au-dessus de la tête, serrant de toute leur force le poteau du panneau. Aucune protection pour éviter à la tête de heurter le béton peint à pleine vitesse.

Trois de plus éliminés.

Gagnée : une lance.

Perdue : la peur.

— Vous voyez qu'on peut lui faire mal nous aussi. Allez-y putain ! Allez-y tous ensemble ! ALLEZ !

Mon avantage s'en est allé. Leur nombre redevient la plus grande menace. Le combat redevient intéressant.

Seuls les combats perdus d'avance méritent d'être menés. Et celui-là y ressemble de plus en plus.

Utiliser ma peur pour percevoir l'urgence. Utiliser ma tristesse pour ne pas renoncer. Utiliser ma colère pour augmenter ma puissance. Utiliser ma joie pour éliminer la douleur. Et exulter.

Je ramasse mon cuir. Le remets autour de mon bras droit. Je prends la première arme longue et maniable à proximité.

J'arrive encore à les maintenir à distance avec la lance. Leur regard à cesser d'être obscurci par la crainte.

L'hallali se déclenche quand sur une frappe avec la lance, elle se brise comme une branche morte.

Ils déferlent sur moi. J'évite des coups de machettes et autre masse d'arme. J'en mets encore quelques-uns au sol. Je tente de nouveau de passer par-dessous.

Je me fraye un chemin au niveau de leur taille. Ils sont trop nombreux. Je me retrouve plaquée au sol.

Le travail de mes psoas me permet de me retourner pour continuer de me battre tant que je respire encore.

Et je continue sans faiblir. Je frappe. Je tords. Je mords. Toutes les extrémités de mon corps brisent, déchirent, maltraitent et traumatisent.

Ne pas encore lâcher. Ne pas encore arrêter. Continuer de combattre. Continuer de résister.

Malgré les coups qui pleuvent. Malgré mon œil gauche qui ne voit presque plus rien du gonflement qui l'entoure.

Malgré les shoots dans mes flancs et mes côtes. Malgré les pincements aigus à chaque nouvelle respiration.

Malgré les entailles sur mon visage. Malgré le gout du sang dans ma bouche. Malgré ma main gauche écrasée sous cette foutue masse d'arme.

Malgré mes articulations déformées. Malgré la drôle d'équerre que fait mon pied droit avec ma jambe.

Malgré toutes ses mains sur moi. Malgré des siècles de soumission inscrits dans mes gènes pour renoncer. Heureusement, ma colère.

Répondre à leurs coups, Continuer de me tortiller pour me libérer. Pour esquiver. Les frapper. Les faire tomber. Les achever.

Ne pas abandonner… Quand le son reconnaissable d'un uzi se fait entendre. Je profite du moment d'hésitation pour me dégager.

Rendre les coups et éliminer encore plus de ces connards devenus beaucoup trop collants.

Après la première rafale, je suis déjà debout. Boitant bas. Red est là. Je ne veux pas être surprise. Me remettre le pied en place.

Je lui avais envoyé le lieu de rendez-vous dans la course de tout à l'heure. Avec ces deux genoux arthritiques, il n'a pas mis trop de temps en fait.

Ce qui devrait me surprendre c'est qu'il ait réussi à enlever le cran de sureté. Ce qui devrait m'agacer, c'est qu'il lance une seconde rafale.

Geste inutile. Geste destructeur. La deuxième rafale vide totalement le chargeur. Et se termine par un « clic-clic » révélateur.

La menace devient nulle et sans effet. Et merde…

— Tiens bon ! je vais chercher la cavalerie…

Il a déjà tiré la porte derrière lui et disparu. La cavalerie arrive toujours trop tard. Surtout s'il ne l'a pas déjà appelée…

— Putain chef, elle a pas de couilles, c'est une salope de grogna…

Mon pied droit dans la gueule de ce pourceau arrive également trop tard. Trouve la surface recherchée pour recréer l'alignement correct du pied et de la jambe.

Je grimace quand même. Malgré ma volonté de ne pas réagir à la douleur. Un peu de fatigue sans doute…

— Mais c'est que t'es une authentique salope alors ! Une putain de féministe. Tu nous as fait chier juste parce que c'était une gonzesse. Ou attends… t'es p'têt qu'une bouffeuse de règles. Tu voulais te la garder pour toi la noiraude. Putain les mecs, vous savez ce que vous aurez le droit de faire si vous la chopper. Ce truc sera tout à vous.

Comme chez le taré tout à l'heure, ne pas répondre aux pics verbaux. Rester concentrer sur la stratégie. Ne pas dégoupiller et perdre le fil.

Et comme tout à l'heure, ma rage est à son paroxysme. Je la concentre pour faire gonfler mon aura au-delà de sa limite.

Je ramasse une machette au sol. La règle à changer maintenant. Leur lubricité les rend beaucoup plus dangereux. Comme après un shoot d'adrénaline.

Les quinze minutes ont été bouffées. Je n'ai plus l'avantage d'une perception plus rapide.

Je monte le niveau berserker. La cavalerie devra arriver trop tard. Sinon, elle risque de ramasser également.

Leur désir pourri ne les rend pas moins cons. Désinhibés, ils en deviennent plus coriaces. Et plus entreprenants.

Cela devrait être une évidence. Cela me surprend quand même. Je découvre des filles parmi eux. Et elles ne remontent pas le niveau.

La machette, en comparaison au katana, est beaucoup plus efficace pour sectionner les membres.

Son poids permet de fendre même avec un tranchant émoussé. Tout en continuant le mouvement pour revenir en position.

Et celle que j'ai ramassée semble avoir été particulièrement aiguisée pour l'évènement.

Je la tiens fermement dans ma main droite. La gauche restera inutilisable encore quelques temps.

> — Elle est gauchère la pétasse. Allez-y, vous craignez rien.
> — Je ne suis pas gauchère non plus !
> — ...
> — Le terrible pirate Robert ?
> — ...

— Princess Bride[36] ? nan ?

— …

— Laisse tomber.

J'ai cette anomalie qu'on appelle l'ambidextrie. Cela va peut-être avec mon corps qui parfois ne sait plus trop son genre. Femme ou Homme ? Gauchère ou droitière ? Non, rien à voir.

J'ai repris mon blouson déjà bien mâché. Je l'enroule sur mon bras gauche. Autant que la main peut le tenir.

La provocator est à nouveau en scène. Moins fière qu'il y a quelques minutes. Débraillée. Froissée. Boitillante. Avec un champ de vision réduit. Mais qu'importe.

Cette fois, j'avance tout droit. Plus besoin de fioritures. Je fonce dans le tas. Je découpe à tout va.

Je donne beaucoup plus de coup que je n'en reçois. Je frappe avec précision. J'encaisse de la mollesse et de l'inefficacité.

Il leur faut le nombre pour que cela finisse par porter ces fruits. Quand chacun de mes coups fait mouche.

A chaque coup que j'enchaine, la vitesse de mes mouvements fait se gonfler d'air mon T-shirt. Beauté dérisoire. Porte ouverte dans mon armure.

Ils tombent par dizaines. Ensanglantés. Raccourcis d'un côté ou de l'autre. Le sol se couvre d'une marre rouge glissante. J'ai des crampons.

Un morceau de bois me sort tout à coup par l'avant du flanc gauche. A l'autre bout, un type perd son nez et ses yeux.

Je retire le bout de piquet casser. Eviter que les dégâts n'empirent. Eviter de donner un bâton pour se faire battre.

Ma main gauche tire sur le bout de trique pour le faire ressortir par l'arrière. Elle est redevenue fonctionnelle. Une douleur chasse l'autre.

---

[36] The Princess Bride, film de Rob Reiner – 1987

Leurs rangs se sont enfin clairsemés. Je ne sais plus compter combien jonchent déjà le sol. J'ai arrêté après cinquante.

Je pousse de grands cris vers ceux qui sont derrière moi. Ils reculent. Comme ceux qui sont sur ma droite. Et ceux vers qui mon regard remonte.

En terminant de pivoter dans le sens inverse des aiguilles d'une montre, je sens le froid d'un objet métallique pénétrer mon sein gauche.

Ma vision périphérique est très défaillante de ce côté-là avec la boule qui m'enserre l'œil gauche.

Je lâche la machette.

Ne pas lâcher le reste. Rester debout. Pète leur la gueule encore un peu ! Gagner le combat. Après tu pourras te reposer et t'en aller.

Ma main gauche attrape celle au bout du poinçon. Au bout du bras, mon œil droit visualise enfin le bonnet cradingue du chef de meute.

Ma main gauche termine sa clé et fait sauter l'articulation de son poignet droit. Lui ouvrant totalement le torse. Hurlant.

Les doigts tendus de ma main droite frappent très rapidement derrière ses clavicules, derrière le sommet de son plexus, avec un angle de 45 degrés. Sur son menton, ses pommettes, son front et enfin ses tempes.

Chaque frappe de mes doigts est accompagnée d'un cri strident libérant mon Qi.

> — Tu ne le sais pas encore, mais tu es déjà mort[37]. Dans sept secondes s'en sera fini pour toi. Un, deux, trois…

------

[37] Hokuto no ken, série animée – 1984 / 1988

Il me regarde incrédule. Visiblement il connait aussi. Il essaie de reculer en titubant. Je tiens toujours sa main droite dans ma main gauche.

Son cerveau déjà fêlé ne sait pas comment gérer tous les signaux de dangers imminents envoyés.

Comme assommé de notifications urgentes. Comme sous l'effet d'attaques coordonnées d'access deny. Il ne sait plus réagir.

— Quatre, …

De l'intérieur de ma main droite, je lui enfonce la trachée.

— Crétin…

Il s'effondre. Ce qui sonne le glas des velléités des quelques valides encore debout.

Je ne pouvais pas attendre sept. Je vais sombrer également rapidement. Sans être fatal, le coup semble bien létal… ?

Ils se carapatent dans l'ombre. Entrainant quelques blessés. Filant aussi vite et aussi loin que possible.

Seule. Le sang me monte dans la gorge. Je prends appui sur mon pied droit. Il se barre. Je tombe sur les genoux. Les bras ballants.

Ma taille se casse vers l'avant. Mon visage s'écrase au sol. Sur le béton peint gris et bleu. Recouvert d'une couche significative rouge sang.

Le violoncelle des soulsavers chante à mes oreilles. Ou est-ce la voix de Mark Lanegan imitant un violoncelle.

Enfin je vais mourir. Enfin je vais quitter ce monde absurde. Enfin je vais en finir avec ce cirque grotesque. Enfin je vais en terminer avec cette existence à la con. J'abandonne tout. Là et maintenant. C'est fini. Je souris. Je crois que je souris.

Les vibrations de la musique bourdonnent sur mes tympans. Je sombre. Est-ce qu'il y aura une lumière blanche qui m'attirera ? Est-ce que le sol va s'ouvrir sous moi pour m'engloutir tout à fait ? Ou est-ce que tout va s'arrêter comme ça, juste plus rien ? Je suis juste bien. Sereine. Heureuse. Vraiment. C'est la fin. Enfin.

Je me présente sur la grande balance. La plume d'un grand corbeau noir plane en tournoyant au-dessus de l'autre plateau. Quel sera le verdict ? Je m'en cogne carrément. Je m'en fous complètement. Le bien ? Le mal ? tout cela m'est bien égal. Je crois que Louise ne sera pas trop triste. Les autres, ils peuvent crever maintenant. Jean-Paul, Red, mes maîtres ? Pareil, seul le jugement de Louise m'importe vraiment. Et je sais qu'elle n'aimera pas savoir ce que j'ai fait de douleur pour elle. Me pardonnera-t-elle ? Elle l'a fait pour cette connasse de Marie. Pour moi ? Je mérite sans doute moins. Je ne suis pas son premier amour. Pas son dernier. Peut-être juste du sexe. Même pas de vrais sentiments. Je suis tellement désolée de t'avoir déçue. Ma Chérie. Mon Amour.

Les vibrations descendent encore un peu plus et se font incertaines. Plus chancelantes. Et puis, il y a comme la voix des anges. Claire. Haute. En quoi le sang deviendrait-il sage au moment de mourir ? Ah ! oui, parce qu'il s'arrête de courir. De courir inutilement, mécaniquement, bêtement. De courir dans un corps creux. Sans vie autre que ce mouvement stupide. Entrer dans l'immobilité éternelle. La sagesse. La sagesse ?

Arrête de continuer à te poser des questions. Stop. Fini. Basta.

Un soubresaut secoue encore mon corps. Je tousse. Je crache. Je respire du fer et du feu. Merde… Ça ne s'arrête pas. Pas encore. Pas ce soir. Ça continue. Les toms roulent. Les cymbales claquent et scintillent. Ça redémarre. Chaque coup sur un tom, c'est un coup pour relancer mon cœur arrêté. Boum… boum… boum…. Boum… Boum-tchac. Boum. Boum. Boum. Boum. Boum-tchac… boum-tchac… boum-tchac, …

Je vomis du sang. Sur une dernière vibration mon œil droit se réouvre. La lumière blafarde des néons se reflète dans la marre cramoisie. Mon corps se redresse. Comme tiré par une corde invisible. Je ne sais pas si je me déplace à genoux ou sur mes pieds. Je regagne la sortie de secours au sommet des marches. Ma tête avait calculé que c'était mon meilleur billet de sortie. Mon corps continue d'appliquer le plan. Conneries.

A l'aide de la rampe. J'arrive jusqu'à la porte. De la porte jusqu'à l'extérieur. L'air frais du petit matin me brûle les poumons et me tire des râles de souffrance. Appuyée au mur, je descends deux petites rues au ralenti. J'arrive près de la place du marché aux fleurs. Chouette nom pour y finir. Beau jour pour mourir[38].

Je tombe sur les fesses. Sur un sac de poubelles. Au milieu d'autres sacs qui dégueulent des bennes trop pleines. Je souris. C'est un meilleur endroit pour moi. Finir au milieu des ordures. Débarrassée par les éboueurs. Broyée par le camion-benne. Mise en décharge pour que les mouettes et autres volatiles viennent bèqueter ce qui restera de mes tripes et de mes abas. Et mes os brisés blanchiront sous le soleil.

J'essaie d'attraper mon téléphone. Entendre une dernière fois la voix de Louise. Je le colle à mon oreille. Il sonne. Quelques sonneries. Sa voix… encore endormie. Tellement belle. Même au sortir du lit. Tout ce que je veux entendre.

    — … Mon Amour, …

    — …

    — … Ma Bienaimée, tu es ce qu'il y a de plus beau dans ma vie…

    — …

    — Ce qu'il y a eu de plus beau…

    — …

---

[38] Little big man, film d'Arthur Penn – 1970

— … Je t'aime… C'est con… je n'ai toujours pas compris ce que ça veut dire…

— …

— … oui ! oui… c'est ça… c'est ce que ça veut dire…

— …

— Je m'en vais…

— …

Mon bras retombe sans vie sur les poubelles. L'écran démoli du portable dans la main. Un trou géant au milieu.

Il doit me rester encore trop de sang. Je sens un liquide gluant et chaud s'échapper sur les ordures et mouiller mon pantalon.

Je n'entends plus rien. Je ne sens plus rien. Je ne ressens plus rien. Il fait très sombre. Il fait très froid. Je crois que je meurs enfin.

C'est avec la gorge très sèche que je me réveille. Je mets du temps à chercher si c'est l'enfer, si c'est le paradis ou si c'est une nouvelle réincarnation.

Je suis dans un hôpital. Je viens sans doute de naître. Merde… Réincarnation. A non… Quel bébé naîtrait avec des bras et des jambes aussi longs ?

Merde… je suis toujours là.

Et tous ces fils et ces tuyaux ? Et que fout Jean-Paul sur cette chaise ? Il me regarde en souriant bêtement. Les yeux humides.

— J'suis pas mouru l'âne, j'suis pas mouru[39]…

— T'es conne…

Il sert fort ma main droite. Très fort. Ses larmes la mouillent. Et ça fait du bien comme sensation. Cette chaleur. Il passe sa main sur ses yeux et appuie sur un bouton.

— T'as pas le droit de partir. Pas maintenant. Pas tant que j'suis là. Je ne supporterai pas de revivre ce que j'ai vécu pour ta mère.

— Ouai Tonton. Ouai. C'est pas que je veuille te faire du mal. Pas du tout. Mais tu sais… je ne tiens pas particulièrement à ce que ça s'éternise.

— …

Des infirmiers et des médecins arrivent dans la chambre.

— Elle est réveillée…

— Blablabla…

— Blablabla…

— …

Oui, allez-y, montez encore un peu la dose de morphine. Si je ne peux pas mourir, laissez-moi au moins échapper à ce monde. Comme ce vieux Sherlock.

---

[39] D'après Schrek, op. cit.

L'agitation dans la volière s'arrête avec le départ de la dernière blouse blanche. Elles m'ont épuisée.

> — Tu sais… je ne te laisserai pas partir. Allez, dors maintenant petite fille.

> — …

Je me réveille à nouveau. Jean-Paul est toujours là. Il travaille un rapport. Y pourrait pas faire ça dans son bureau ?

Il me raconte qu'il est arrivé sur les lieux aussi vite que possible après l'appel de Red. Je n'étais déjà plus là.

La piste que j'avais laissée était facile à suivre. Deviner que c'était la mienne ? Facile, la sortie de secours était le plus court chemin pour revenir vers une place publique et éclairée.

Il m'a retrouvé en train de terminer de me vider. Appel d'une ambulance. Premiers secours en attendant son arrivée. Blocage de l'hémorragie, à défaut de la septicémie.

L'hôpital. Les heures au bloc. Le coma. Cela faisait déjà une semaine qu'il ne quittait presque plus ma chambre.

Il avait écrit le rapport officiel. Rixe entre clans rivaux chez les skins. Il avait fait un rapport pour la DGSI afin de faire les investigations sur la recrudescence des groupuscules d'extrême droite dans le contexte politico-économique fragile actuel.

Red est arrivé. Il a tenté de me dire qu'il m'attendait pour son châtiment. Il pleurait beaucoup trop pour que je comprenne quoi que ce soit. Je lui ai souri. J'ai regardé son pouce absent. J'ai vu la prothèse que je lui imprimerai. Comment je la lui perfectionnerai. Je dessinai déjà les plans. Je me suis rendormie.

Je me réveille encore. Mal à la tête. La dose de morphine a dû baisser. Je dois aller mieux. J'ai mal partout maintenant.

Jean-Paul et Tao sont là. Elle l'a rejoint. Elle me sourit. Elle me sourit tout le temps. Comme à la fille qu'elle n'a jamais eue. Ma mère adoptive.

> — Je crois que c'est bon là. La prochaine fois que je me réveillerai, ce sera tout ton service qui sera dans ma chambre ? Tu peux rentrer et me laisser. Ça va aller. Je t'appelle si j'ai besoin.
>
> — Tu sors dans cinq jours si tout va bien. Je passerai tous les soirs et Tao viendra vers 11h. Tu nous appelles si tu as besoin.
>
> — Oui, oui. Laissez-moi dans ma turne penser que je suis toujours asociale et recluse. J'ai vu assez de monde ces derniers temps.

Ils m'embrassent tous les deux. Il y a moins de fils et tuyaux. J'aimerai pouvoir les en empêcher. Et m'essuyer les joues… Mais non.

Je me retrouve seule dans cette endroit vide. A travers la fenêtre, le ciel est clair et brillant. Quelques oiseaux passent en vitesse. Chasse aux insectes. Ce carré de lumière me donne presque la nausée. J'étais si proche… Maintenant, le vide encore à supporter. Et la douleur qui va avec. J'en souris bêtement tellement mon corps me fait souffrir. Je sais que tu es vivant, pas la peine d'en faire tout un plat…

Plus tard un médecin passe pour me dire que je pourrais débuter la rééducation de mon pied demain. Pour la main, il faudra attendre encore un peu et une cicatrisation plus complète. Garder les broches quelques semaines encore. Pour la plaie à l'abdomen, il a fallu recoudre une partie du gros intestin. Les tissus doivent cicatriser. Pas d'effort ni de poids à soulever pendant un mois. Enfin, la perforation du torse à frôler le ventricule gauche. Le T-shirt en kevlar a résisté suffisamment pour éviter un trou à la place du cœur. Pour les côtes, la quatre, la cinq, la six et la sept à gauche, la six et la sept encore, la huit et la neuf à droite sont cassées. Sans déplacement ni perforation des poumons. D'autres côtes sont fêlées, c'est sans gravité. Pour ce qui est des bosses, des bleus et autres plaies, rien de particulier.

> — Excusez-moi de vous demander cela, mais, vous êtes passée sous un camion ? Nous n'avons pas eu de détails sur la cause de tout ça.
> — La mauvaise vie docteur… la mauvaise vie…
> — … ?

La routine commence à se mettre en place. Le réveil aux aurores. La prise de température. Les cachets. Les repas. L'appel pour vider le bassin. Dormir.

Tout ça dans cette ambiance bizarre. Avoir une blouse qui rentre à n'importe quelle heure du jour et de la nuit. Sans égard.

Aucune intimité. N'être qu'un bout de viande. A peine recouvert d'un torchon. A garder dans un état de vie minimal.

Toute action, toute fonction est déshumanisée. Ramenée à sa simple fonction biologique Même la merde est désincarnée et traitée comme de la mécanique.

Deux jours ont passés. L'inspecteur Ducon vient me rendre visite. Et je ne peux plus lui échapper.

> — Bonjour Dany.
> — Bonjour Du…
> — … Duguesclin.
> — Ouarf ! ouarf : ouarf !... Aïe, mes côtes. Désolé…
> — … procès à mes parents.
> — Plait-il ?
> — Moi aussi je déteste ce prénom. J'ai dit à mes parents que j'allais leur faire un procès. Et que leur chevalière ne méritait pas de gâcher la vie d'un enfant ni celle d'un homme.

— Désolé, vraiment. Je ne savais qu'il vous pesait autant.

— C'est le cas. Mais je ne suis pas là pour parler de moi. J'ai quelques questions à te poser. Les médecins m'ont dit que tu étais en état.

— Pas de vouvoiement ? Ça n'est pas officielle ?

— Pas encore, non. Juste quelques faits troublants que j'aimerai éclaircir et je ne sais pas si cela doit devenir officiel ou non.

— Vous m'intriguez inspecteur.

— Tu peux me tutoyer également, depuis le temps que l'on se croise chez le Colonel… Chez ton oncle.

— Si tu veux. Alors ?

— C'est au sujet d'un patient d'un hôpital psychiatrique lobotomisé par erreur.

— Je t'écoute.

— En enquêtant sur ce patient, j'ai retrouvé trace d'une dizaine d'individus dans son entourage plus ou moins proche, tous morts dans des circonstances peu banales. A priori toutes sans rapport. Toutes de causes vraiment diverses, clairement identifiées. Avec dans certains cas, un coupable qui a pu être confondu ou au moins poursuivi. Donc rien de connecté. Jusqu'au dernier dont j'ai suivi la piste. Là, je suis tombé sur un vieux dossier archivé de viol en réunion sur mineure. Il n'y a jamais eu de dépôt de plainte. Donc aucune enquête officielle. Juste quelques carnets, notes et éléments rassemblés par une flic consciencieuse. Il n'a jamais pu aller jusqu'au bout sans plainte ni requête du parquet. J'ai découvert que la victime était une de tes amies… intimes.

— Mon Amante tu veux dire.

— Et j'ai découvert que tu avais fait des recherches sur ces personnes peu de temps après le crime. C'est-à-dire que c'était un identifiant du Colonel qui apparaissait dans les traces. Mais je sais qu'il ne recherchait rien de ce côté-là. Même avec beaucoup d'imagination, il n'a rien du justicier masqué. Et je sais également que tu avais l'habitude d'utiliser ce compte. Il était déjà en train de te former et avait peut-être oublié quelques notions de sécurité élémentaires. A moins qu'il ne t'eue mise en situation. Et le compte qu'il te laissait utiliser avait des accès restreints. 2+2… Pour corroborer tout ça, dans les rapports sur les morts en question, il est fait à deux occasions mention d'un garçon, une fois d'une fille, pouvant correspondre à ta description. Cette personne apparaît toujours de manière indirecte. Suffisamment lointaine et étrangère à l'affaire pour qu'aucune enquête poussée ne soit faite. Comme les affaires étaient toutes déconnectées, pas moyen de faire le rapprochement. Donc je voulais te demander depuis quelques temps déjà si tu pensais que tous ces éléments méritaient l'ouverture d'une réelle enquête sur une ancienne du service action.

— Qu'est ce qui t'a amené à enquêter sur le mec à l'hôpital ?

— Il avait été l'un de mes indics. Je dois reconnaitre qu'il n'était pas très fréquentable, mais il avait des tuyaux sérieux. Et je le tenais bien. Quand j'ai appris pour l'erreur, je voulais vérifier s'il avait été grillé et fait l'objet d'une punition et si je devais nettoyer les pistes qui pouvait amener les commanditaires à remonter jusqu'à moi.

— Rien de personnel alors ?

— Non, rien de personnel.

— J'avais oublié que t'étais un enquêteur brillant et méticuleux Duguesclin. Tes ancêtres peuvent être fiers de toi.

— Bah, les flatteries tu sais… Mais merci quand même. Je le prends pour un compliment.

— C'en ai un. Ne te méprends pas. Même s'il t'a fallu presque 20 ans !

— Tu n'es pas facile à attraper non plus. Et tu sais ce que c'est, quand ça n'est pas officiel, il te reste les nuits pour faire tes recherches. Et là, il fallait aller sur place, retrouver les dossiers dans les boîtes d'archives des commissariats et des gendarmeries. Et tu connais les facilités des enquêtes entre différents services. Un jour peut-être que tout sera numérisé et qu'il faudra juste quelques nuits sans sommeils. Et comme rapidement, j'ai su qu'il ne s'agissait pas des mecs qu'il m'avait balancés, je n'étais pas pressé, juste curieux. Avec la sensation qu'il fallait que je creuse. L'instinct peut-être.

— Je me suis sans doute crue trop maligne. J'avais déjà quelques rudiments, mais pas assez pour déjouer une enquête sérieuse. Ton gars n'est pas mort parce qu'il était détruit par le remord. Sa pire punition est de continuer de vivre avec ça en boucle dans sa tête sans pouvoir en sortir. Ça m'a pris une dizaine d'années pour tous les avoir. Ils étaient quinze au total pour info. Et il a fallu une quinzaine d'années supplémentaires pour que Louise s'en sorte totalement et j'espère durablement. Ce qui me fera chier quand ce sera devenu officiel, c'est que des enquêteurs sans tact iront remuer toute cette merde chez elle. Je sais qu'elle le supportera, mais ça me fait chier quand même. Pour le reste, je n'ai pas à le cacher, je l'assume. Le rendre officielle permettra peut-être de dissuader quelques connards.

— A ce sujet, pourquoi elle n'a pas porter plainte à l'époque ?

— Dugue !? A 15 ans, tu te pointes chez les bleus en disant « coucou, j'ai dit à ma copine que j'étais amoureuse d'elle et je l'ai embrassée ; elle a eu peur des réactions des autres, elle la fille populaire, alors elle m'a dénoncée comme lesbienne ; et pour bien montrer qu'elle elle n'était pas de ce bord-là et qu'elle détestait les gens comme ça, comme tout le monde, elle a demandé à 15 connards de garçons de ses connaissances de me violer dans une cave pour que je découvre le vrai plaisir et revienne sur le droit chemin. Je sais messieurs les policiers que vous allez faire votre travail très bien. Notez que je n'ai aucune preuve de ce que je vous dis et que les mecs en question je vais les croiser tous les jours en bas de chez moi ou au lycée. » Ou peut-être qu'à 15 ans t'es juste morte de trouille, morte de honte. Honte de toi. Honte pour ta famille. Honte pour tes profs. Honte pour ta vie. Honte pour ce monde. Tu veux simplement te cacher sous terre pour qu'on t'oublie et tu veux juste crever. Ce que tu fais vraiment quand t'apprends ensuite qu'ils t'ont mise enceinte et que tu avortes. Tu prends la tablette en verre dans la salle de bain de ta mère. Tu la brises. Tu t'ouvres les veines sur dix bons centimètres, jusqu'à l'os. Et tu plonges tes deux mains dans les chiottes pour en finir. Putain Dugue, t'as 15 ans, ça t'arrive, tu fais quoi bordel ?

— J'en sais rien. J'ai beau essayer de me mettre à sa place, je n'y arrive pas. Il me manque quelques choses.

— Et t'as putain de raison. Il fallait porter plainte merde. Il le fallait. Pour elle. Pour les autres filles. Pour ces connards. C'était la logique même. Mais y'a déjà plus de putain de logique quand t'as 15 ans, que t'es bouffée par tes hormones et que tu ne te sens pas comme tout le monde. Alors quand l'univers te chie sa plus grosse bouse jamais chiée sur la gueule… T'arrives plus à réfléchir. Tu ne fais que te sentir coupable. Tu aimerais que quelqu'un vienne te voir et te dise que tu n'y es pour rien et que ce sont eux les coupables. Mais t'arrives même pas à en parler. Tu finis par te détester toi-même et te persuader que tout est de ta faute. Et t'arrives même pas à te débarrasser des sentiments que tu avais pour cette connasse de merde. T'es juste là devant les flics que ta mère a appelés et tu dis que tu ne sais pas ce qui s'est passé. Qu'il ne sait rien passé. Que tout va bien… T'es juste en charpie et tu dis que tout va bien ! logique merde ! T'as en boucle leurs gueules puantes, ricanantes, insultantes en train de te violer… de te faire mal, de te battre. La simple pensée de les voir te fait gerber instantanément. Imaginer une confrontation, c'est juste au-dessus de tes forces. Et les connards s'en sortent toujours. Tu sais, je ne suis pas particulièrement fière de ce que j'ai fait. J'aurais préféré le procès et que les choses soient dites et révélées. Pour que justement les connards ne s'en sortent pas. Parce que là, qui sait ce qui s'est passé ? Louise. Toi. Moi. C'est tout.

« Moi aussi j'ai pris cette merde en pleine gueule. Et je me suis vautrée dedans. Je connaissais déjà le fonctionnement. J'avais déjà lu et vu ce type d'histoires trop banales. Mes parents m'avaient emmenée à 8 ans voir Jodie Foster au cinéma[40]. Il fallait que justice soit faite. D'une manière ou d'une autre. C'est ce qui est entrée dans mon crâne de piaf de 13 ans. Comme un clou enfoncé à la masse. Et ça n'en est plus jamais sorti. Je n'ai plus jamais voulu l'en faire sortir.

— La justice est une chose. La justice immanente, j'ai des doutes assez sérieux, au grand dam de mes parents. Celle en laquelle je crois et celle pour laquelle je travaille, c'est la justice des hommes.

— Et celles des femmes ? Elle est où putain dans la justice des hommes ? Ce n'est pas parce qu'on accepte de la regarder un peu plus dans les yeux que tout va mieux. Et c'était y'a 27 ans, merde !

— Sans vouloir faire dans la philo, est-ce que tu peux être justicière et rendre la justice ?

— Putain Foggy ! T'as lu Daredevil Dugue? Ou t'as maté l'épisode 11 de la saison 1[41] ? Tu trouves que je ressemble un peu au très beau Charlie Cox ? Mais je ne suis pas aveugle moi. La justice n'est pas aveugle. La bonne femme avec sa balance, elle n'est pas aveugle. Elle regarde beaucoup trop qui elle juge pour être tout à fait juste.

— Et c'est suffisant comme excuse pour te justifier ?

---

[40] The Accused, film de Jonathan Kaplan – 1988
[41] Daredevil, op. cit.

— Un marin disait jadis qu'il ne faut pas se justifier. Et je ne veux pas me justifier. Je veux croire aussi à la justice votée par le peuple ou ses représentants. Avec les actions du service… j'ai peut-être cessé d'y croire. Plus comme avant en tout cas. J'ai trop souvent appuyé sur la gâchette moi-même, directement ou indirectement. Et si tu m'en laisses l'occasion, je recommencerai surement.

— Comme dans cette vigne vers Perpignan ?

— Je me suis laissé dire qu'il s'agissait d'un règlement de compte sur fond de trafic de drogue. Il y a bien eu un avion de trafiquant qui s'est posé sur la piste privée du château et de la drogue retrouvée ?

— Oui, l'avion a bien été réceptionné. Les gars sur place auraient juré une action bien montée. Un kilo de coke juché sur des relevés de comptes offshores bien en évidence sur la table, juste quelques cendres autour. Et le propriétaire des lieux avait un pouce en moins. Ils l'ont retrouvé en train de bruler dans un brasier. Quelques-uns de ses mercenaires se sont entretués. Travail de professionnel. Ou quelqu'un a voulu rendre justice…

— … La justice. Je ne suis pas juste. Je suis juste un bras. Avec quelques saloperies qui me suivront jusque dans la tombe. Même si je m'étais juré de me garder de devenir comme ce salopard de Dorian… au final, pour le bien ou pour le mal, les saloperies elles sont inscrites sur ma gueule.

— …

— Alors, quel est ton verdict ?

— … Tu sais, j'ai rendu visite à Louise…

— …

— Je ne l'ai pas interrogée. J'étais parti pour et au bout du compte je lui ai juste demandé mon chemin. C'était il y a une quinzaine de jours. J'avais tenté de te choper chez toi le matin. De dépit, je m'étais convaincu de devoir l'interroger. Je l'attendais sur le parking de son travail. J'avançais vers elle et son téléphone a sonné. J'ai vu son visage s'illuminer à la lecture de ton nom sur l'écran de son portable. Je n'ai plus voulu lui poser de question. Tu sais, je ne suis pas juge non plus. Il n'y a pas d'enquête sérieuse à ouvrir. Pas de sujet. Avec de l'imagination, juste de vagues liens. Le dossier de l'enquête d'il y a 27 ans est parti à l'incinération, prescription. Aucun juge ne perdra de temps ni d'argent du contribuable pour demander une enquête sur un truc aussi peu étayé et avec des coupables déjà condamnés dans plusieurs de ces affaires, elles aussi prescrites. Que quelqu'un ait pu tirer les ficelles… vu le type d'ordures et les vrais crimes pour lesquels ils ont été reconnus coupables, pourquoi perdre du temps. Ce que tu m'as dit me suffit largement. J'apprécie vraiment que tu m'aies parlé franchement.

— J'aurais été emmerdée si ça avait été personnel.

— Je crois que notre discussion aurait tourné différemment. Bon, ben, je m'en vais maintenant. Je crois que je vais te laisser tranquille pour un moment …

— …

— … …

— Hey Dugue, t'accouches ou bien ? T'as un autre truc à me dire ? Vu la tête que tu tires, ça doit pas être joli joli.

— … Non, rien, oublie.

— Attends, tu déconnes là. Allez, respire un bon coup. Y faut que ça sorte, je le sens. Comme disais un illustre penseur, c'est mieux dehors que dedans[42].

— … Je…

— Oulà ! Ça a vraiment l'air sérieux si tu prends ton calepin.

— … Je… oui, j'avais besoin de noter pour ne pas me tromper dans les mots. Ecoute Dany, je sais que tu n'es pas une *étoile*, alors est-ce que tu accepterais un diner avec moi ?

— Une étoile ?... C'est comme ça que tu me vois ? avec un tutu et des ballerines ? T'imagine le tableau ? Tu m'as bien regardé ? Une danseuse ?

— Non, c'est pas ça… Mais… une étoile… c'est pas comme ça qu'on dit dans la communauté pour les filles qui ne l'ont jamais fait avec un garçon ?

— Ah ! ça… Hin hin hin! Qu'est-ce que c'est que ce jargon à la con ? La communauté ? Tu crois qu'il y a des cours de langue lesbienne ? ou gay ou trans ou bi ou tous les autres copains et copines ? Genre, pour être lesbienne, il faut potasser le code ? Et si t'es recallée, tu restes hétéro ? Oublie tout ça Dugue, c'est du baratin. Ce sont des étiquettes. Et j'emmerde les étiquettes. J'appartiens à personne. Je veux juste mon droit à l'indifférence. Et le respect que l'on doit à n'importe qui. Même si des fois, il faut le demander de manière… non ambigüe. Yek yek yek ! Dugue ! Soit toi-même. C'est largement assez. Alors pour répondre à ta question, oui, je veux bien diner.

---

[42] Scherk, op. cit.

Et te fais pas d'idées, hein ! Ça risque pas de coller et tu vas partir en courant.

— … Je sais pas. Mes parents ont l'habitude de me dire qu'on ne peut pas dire qu'on n'aime pas si on n'a pas essayé.

— Putain Dugue ! je ne sais pas si tu sais ce que tu dis. J'imagine ta famille très ouverte sur le sujet ! Si tu le leur dis comme ça, putain de révolution !

— Alors, c'est oui ?

— C'est du chantage !

— Déformation professionnelle.

— On a bien fait d'avoir cette discussion et de mettre les choses sur la table. Vu mon état, laisse-moi un mois et je t'appelle. Je choisi le lieu.

— Ok, super !... on fait comme ça alors… ouai… super… ouai…

Il est parti en se prenant le montant de la porte dans l'épaule. Mon secret n'en est plus un. Et je me sens plus légère.

Je n'ai même pas calculé de plan pour le faire taire. Si ça doit sortir, je m'en fous. Ce sera plus facile de regarder Louise après. Si elle me pardonne.

Je continuerais de porter les saloperies que j'ai faites jusqu'en enfer. Même si je me dis que c'est pour le bien, ça reste des saloperies.

Même si je me suis arrangé pour que les 15 connards ne soient pas pleurés, personne ne saura ce qu'ils ont fait à Louise.

Dugue porte une partie de ce poids avec moi maintenant. Un jour où je serais courageuse, je le dirais à Louise.

Ma lâcheté étant encore bien visée dans mes tripes, ce jour n'est pas près d'arriver encore.

Et la routine continue. Encore deux jours de plus. Servir de pantin à peine articulé sur ce lit inconfortable.

Cela ne fait que confirmer encore plus crûment que je ne suis qu'un vague tuyau qu'il faut remplir et vider régulièrement.

A la routine habituelle c'est ajouté celle du kiné. Il vient une fois par jour pour faire bouger mon pied.

J'aimerais dire qu'il me fait un massage et prend soin de ma jambe avec délicatesse et respect.

Il arrive. Il dégage ma jambe de sous le drap. Sans vraiment demander quoique ce soit.

Il étale du talc. Frotte l'articulation. A peine le mollet. Pas du tout mes orteils. En me tournant le dos.

Il s'assied d'une fesse sur le lit. Coince ma jambe entre sa cuisse gauche et son ventre.

Et puis il me tord le pied dans tous les sens. A peine il me dit que cela va peut-être faire un peu mal.

Je sens tous les ligaments endommagés. Les cartilages brusqués. Les os meurtris. Et les muscles tout emmêlés sur tout cela.

Je dérouille assez sévèrement. Et au bout d'un quart d'heure, il remet la jambe sous le drap.

Il remballe ses affaires et se barre en glissant juste un inaudible « on reprendra ça demain ». Je crois qu'il m'en veut de quelque chose.

Le reste de la journée se passe avec la même considération. Je suis sûre que toutes ces blouses blanches traitent mieux leur steak à la cantine.

Les journées sont interminables. Dès que je m'assoupis, quelqu'un rentre dans la chambre pour vérifier que tout va bien.

Putain… Je ne suis plus rien. Juste une carcasse débarrassée de tout attribut d'humanité. Dépouillée de tout amour propre.

Je ne suis plus moi. Plus d'esprit. Plus d'intellect. Plus de corps. Juste de vagues fonctions vitales à faire durer encore un peu.

Et même pas un téléphone pour entendre le son de la voix de Louise. Je suis quasi convaincue que je l'ai entendu avant de sombrer dans le coma.

Pourtant, le téléphone que m'a ramené Jean-Paul ne pourrait même pas donner l'heure. Est-ce que je délirais ?

Encore une blouse blanche qui entre dans la chambre. C'est l'heure des pansements.

Elle porte de très jolies petites ballerines ou baskets blanches. Donnant à son pied une silhouette toute mignonne. Au moins un peu de beau et d'élégance.

Elle appuie très professionnellement sur le bouton signalant soins en cours. Le bouton indiquant qu'il ne faut pas déranger.

— Bonjour Dany.

— … ?

Il me semble la reconnaître, comme perdue au milieu du brouillard. Je lis l'étiquette sur sa blouse.

— Bonjour… Eléonore… Eléonore ?

Le nom ne colle pas avec l'image encore très brouillée. Elle sourit.

— Makéda ! C'est quoi ce nom sur ta blouse ?

— C'est mon nom de docteur. Mes parents avaient beaucoup d'attente. Ils étaient également du genre à vouloir me faciliter l'intégration.

— Eléonore Makéda…

— Eléonore Makéda Sira pour être complet. Mon pays, les pays de mes parents.

— Tu sais que tu es la première personne que je vois en blouse blanche me parler comme à un être humain et pas comme au mieux une malade, au pire une poupée de chiffon.

— Désolé pour ça. C'est l'usine ici. Pas vraiment le temps de s'attarder. Elles font ce qu'elles peuvent les blouses pour montrer un peu de considération.

— A part les filles qui viennent faire le ménage, qui disent au moins bonjour et font la conversation, sinon, que des blouses qui me regardent passer comme sur la chaîne de montage.

— J'en suis désolé…

— On s'en fout Makéda. Ça me fait vachement plaisir de voir une copine. Et t'as l'air plutôt bien par rapport à l'état dans lequel je t'avais laissée.

— J'allais te rappeler pour aller porter plainte, et c'est toi qui est revenue avant. Et t'étais vraiment pas fraîche. J'ai lu dans le journal le jour de ton entrée que le mec qui m'avait agressée était mort dans une bagarre avec d'autres skins, donc plus la peine pour la plainte.

« Et puis, tu sais, depuis que tu m'as dit de dire je t'aime à la personne qui m'était le plus cher, je me suis rendu compte que j'avais toujours laissé ça à plus tard. Et ce plus tard pourrait ne jamais arriver. J'ai décidé de changer ça. Et je me fais aider par un psy ! Il surveille que je ne sois pas en plein stress post-traumatique ni que je veuille trop en faire. Il me dit que je suis sur la bonne voie pour l'instant.

— Je suis contente pour toi. C'est vrai que tu m'avais dit que tu travaillais ici.

— Oui, mon service est un peu plus loin. L'orthopédie. J'étais de garde quand tu es arrivée. C'est moi qui ai opéré ta main et l'ai reconstruite. Tu devrais la retrouver comme neuve, avec presque pas de marques des broches. Ta cheville devrait aller aussi après la rééduc. C'était pas mal distendu. Je t'ai fait une plastie du talo-calcanéen latéral et retendu le calcanéo-fibulaire. Tu pourras recommencer à faire tout un tas de mouvements bizarres avec tes pieds. Je n'avais pas pu venir te voir depuis que tu es réveillée. Comme les soins les plus critiques étaient la plaie à l'intestin et le trou dans ton thorax avec les risques d'infection, nous avons préféré t'installer en chirurgie. Et là, j'ai pu négocier de faire ma visite aujourd'hui.

— Honorée. C'est quoi le paquet que tu as dans les bras ?

— Quelqu'un a livré cela à l'accueil du service quand je passais. J'ai proposé de te l'apporter.

— Mmh… Il fait tic-tac ?

— Tu crois que c'est dangereux ?!

— Vu le logo sur le papier, non, pas de risque. Tu peux l'ouvrir pour moi ?

— Tu veux que je te l'ouvre ou que je te l'apporte.

— Ouvre-le s'il te plait. Si c'est moi qui dois le faire, ça va prendre des plombes et m'agacer.

— Ok, j'ouvre… Pas de bombe ! Une carte sur du papier de soie.

— Tu peux regarder ce qu'il y a dans le papier ?

— Oui bien sûr… Oulala ! des sous-vêtements très, très, très… sexy…

Elle rosit légèrement.

— Tu peux me lire la carte ?

— Tu es sûre ? ça à l'air vraiment super intime.

— Depuis que je suis ici, rien n'est intime. Et puis, je n'ai rien à cacher.

— Comme tu veux, si tu insistes. « A porter en regardant Below her Mouth[43]. » et c'est signé HwH

— Tu connais ?

— HwH ?

— Non, le film.

— Non… jamais entendu parler…

— Si tu as l'occasion, vraiment très mignon.

Le Haineux ! il m'a retrouvé même au fin fond de ce service de cet hôpital. Je me demande comment il a le temps de faire le voyeur avec toutes les merdes qu'il balance sur la toile.

HwH. Haters will Hate. Son business model ! Il n'a aucun problème de financement. Ni pour trouver un client.

Vous cherchez à attaquer l'image digitale d'une boîte, d'un péquin moyen ? Il trouvera quoi et comment. Et ses dégâts sont irréparables.

C'est lui qui m'a trouvé les types d'extinction bidon. Et le dossier sur les travailleurs clandestins.

Il fouine dans la crasse. Dans la bouse la plus noire. Et il en ressort deux ou trois bricoles. Souvent insignifiantes.

C'est un alchimiste. Il sait comment transformer la petite crotte anodine en une bonne grosse merde plaquée or.

Il fait quelques posts auprès de communautés organisées. En leur amenant ce qu'elles veulent entendre.

Le répète deux fois si nécessaire. Change de communauté si ça ne prend pas. Il a un taux de réussite de 75% dès le premier post.

Il optimise en trouvant la communauté qui est vraiment morte de faim pour remonter dans les stats.

Chaque groupe étant tellement heureux de trouver ce qu'il cherche depuis toujours.

---

[43] Below her Mouth, film d'April Mullen – 2016

Alors quand c'est amené sur un plateau et bien emballé, c'est la fête sur les Champs-Elysées.

Aucune vérification. Aucun cross-checking. C'est totalement inutile de la part de ces communautés.

Le seul truc qui importe c'est que ce soit ce qu'elles veulent entendre. Même tout à fait improbable, même monté de toutes pièces, ça ne compte plus.

En ciblant deux à trois communautés, c'est le buzz assuré. Le nombre de hashtags, de retweet, de j'aime, de vus.

Il est à l'origine de plus de 15% des tops tous réseaux confondus. Sans le connaître, les plateformes l'adorent.

Un de ses résultats les plus spectaculaire ? Une pizzeria qui voulait faire tomber son principal rival. Washington D.C. 2016. Le rival : Comet Ping Pong[44].

Il fait mouche dans 100% de ces commandes. La clé de sa réussite ? Tout le monde aime haïr.

Même son logo te dit que c'est chouette la haine. Un visage stylisé. Les 2 H pour faire des yeux perçants. Le w pour une bouche pleine de haine.

Et un fond qui part du vert jalousie jusqu'au rouge de la colère la plus extrême. Tellement mignon.

---

[44] La pizzeria Comet ping-pong est au centre de ce qui fut (et demeure) appelé le pizzagate lors de la campagne pour l'élection du président des Etats Unis d'Amérique en 2016. Des fausses informations, rumeurs et calomnies pour discréditer le camp démocrate prétendent sur les réseaux sociaux que la pizzeria est une façade pour un trafic d'enfants pour réseau pédophile. Cela ira jusqu'à ce qu'un citoyen lambda de Caroline du Nord fasse le chemin jusqu'à Washington pour tirer au fusil à l'intérieur de l'établissement. Des raquettes de ping-pong sur la carte extrapolées en papillon et autres broutilles, un scandale international (relayé en grand par la presse turque notamment) a vu le jour. Dany connait le nom de la pizzeria rivale. Ou est-ce un fake également. Note de l'auteure.

Il a trouvé le filon d'or inépuisable. Toutes les générations, depuis que le monde est monde adorent avoir la haine.

Il a réussi à doter de super-pouvoirs les très vieilles rumeurs et calomnies. Il en reste toujours quelques choses.

Je dis « il ». C'est peut-être « elle ». Je ne l'ai pas logé. Le fait est que depuis que je l'ai aidé à trouver un truc con sur un édile local, j'ai compte ouvert chez lui.

Avec une clause contractuelle toutefois. Entrer dans ses jeux pervers. Il faudrait que j'inverse la tendance et que je maintienne un équilibre dans notre relation.

Je vais devoir reprendre ma traque pour l'identifier définitivement. La messagerie cryptée utilisée lors de notre première affaire n'a pas encore tout donné.

Principe élémentaire. Je dois connaître mon adversaire autant que je me connais. Sinon nulle victoire possible. Surtout que lui me connait déjà.

Makéda a refermé le papier de soie et reposer la boîte. La carte sur le couvercle. Elle s'avance vers moi sans l'once d'une hésitation.

Elle m'hôte ce que l'hôpital appelle pudiquement la chemise. Je me retrouve nue comme un ver devant ses yeux.

> — Je sais que je t'ai vue au bloc quand tu es arrivée. Mais je voulais revérifier. J'ai toujours du mal à y croire. T'es une fille ?

> — Je n'ai rien à cacher, tu vois tout. Je suis bien une fille. Cela te choque ?

> — Non ! non ! c'est juste que ça me parait incroyable que tu aies réussi à mettre sept mecs à terre comme ça, aussi vite.

> — Parce qu'il n'y a que les garçons qui savent se battre ?

> — Je n'en avais pas idée. Je me sens un peu bête.

> — Déçue ?

— Je t'ai dit le combat de ma mère pour m'éviter l'excision et comment elle a convaincu mon père et comment elle a décidé ensuite de s'engager pour mettre fin à cette pratique. Alors je devrais moi aussi être capable de porter un regard différent. Oui, je suis déçue de moi-même.

— Non, ce n'était pas ma question. Déçue que je sois une fille ?

— … non ! Jusque-là non… Surprise, pas déçue.

— T'as les oreilles toutes rouges.

— Je… Je vais refaire tes pansements.

Encore un peu gênée, elle enlève mes pansements un à un. Elle demande pardon à chaque fois que ça tire un peu.

J'en rajoute juste un peu pour continuer de la taquiner. Au bout de cinq minutes je n'ai vraiment plus rien à cacher.

Et pour la première fois il me semble que je peux contempler toute l'étendue des dégâts. Ma collection s'est encore étoffée.

— Nous avons quand même bien travaillé au bloc. Je t'ai dit pour la main et le pied. Et j'ai fait les points sur l'abdomen aussi. Pour que cela laisse le moins de marques possible. Il parait que c'est moi qui fais les points les moins visibles. Tu pourras remettre un maillot de bain d'ici 2 à 3 semaines.

— Parce que tu t'imagines que je porte un maillot ?

— …

— Les autres cicatrices, elles, continueront de se voir.

— Plus rien à faire. A ce stade, même le laser… Et c'est vrai que tu en plein.

— Oui, il y a un peu de tout. Balle de revolver. Couteau. Tesson de bouteille. De verre. Fusil de chasse. Fourche… Oui, oui, tu as bien entendu, fourche.

— T'as une vie vachement dangereuse.

— Un petit travail de bureau peinard pourtant.

— T'es une sorte d'héroïne ?

— Du tout. Si c'était le cas, il y aurait des types qui débarqueraient là maintenant dans la pièce et tireraient partout. Je réussirais à les neutraliser, mais tu serais mortellement blessée et mourrais dans mes bras. D'autres arriveraient par le couloir, je serais obligée de me sauver par la fenêtre. Ta mort me serais mise sur le dos. J'aurais tout perdu. Je serais détestée. Tous mes amis se détourneraient de moi. Je me retrouverais seule, toujours blessée, nue. Sans nulle part où aller. Je me sentirais totalement abandonnée. Au bout du rouleau, je finirais dans les pattes d'une vielle pénible. Qui s'avèrerait être une vielle sage et deviendrait ma nouvelle guide. Elle terminerait de me soigner. Et avec elle je retournerais à mes racines profondes pour enfin me révéler à moi-même. Et puis je serais de nouveau tout à fait forte. Et je reviendrais pour régler leur compte à mes ennemis, laver mon honneur, sauver le monde, accessoirement, et rendre hommage à ta mort. Je triompherais au bout de l'enfer et deviendrais plus forte que jamais. A la fin, je retrouverais celle que j'aime et je continuerais de lui cacher qui je suis vraiment pour la protéger. Enfin, il paraît que c'est comme ça que les garçons voient les héros. Alors j'espère ne pas être une héroïne, parce que j'en ai plein les bottes et je voudrais me reposer encore un peu.

— Moi non plus ! je ne voudrais pas mourir maintenant.

— Et je finirai avec encore plus de cicatrices que tu pourras pas recoudre pour les rendre invisibles.

Je ne sais pas si cette collection de cicatrices s'arrêtera. Ou si comme Louise, je finirai par en trouver une qui me complète définitivement.

Et celle-là sera la dernière. Celle qui ne pourra plus se refermer. Celle avec laquelle je serai enfin morte.

Elle touche chacune de mes cicatrices du bout de ses doigts. Ce contact avec sa main froide me donne des frissons.

Elle nettoie toutes les plaies. Me demande de me redresser encore pour celle dans le dos.

> — C'est suffisamment cicatrisé maintenant. Pas besoin de remettre de pansement. Il faut laisser respirer pour terminer le processus. Tu veux que je te fasse ta toilette ?
>
> — Je ne voudrais pas abuser Docteure. Mais j'aimerais bien que ce soit toi. Je me sens un peu moins… bout de viande.

Elle prend sur le chariot la bassine et va changer l'eau. Je reste l'attendre. Toujours nue sur le lit.

Elle revient avec la bassine et un gant de toilette. Elle le mouille et met un peu de solution lavante dessus.

Elle commence par frotter la jambe gauche. Elle me tourne le dos. Je regarde ce qu'elle me donne à voir.

Elle fait le tour. Elle me fait face maintenant. Elle se penche pour me soulever la jambe droite sans me faire mal à la cheville. Je continue de regarder.

Je laisse l'image de son corps bouger en prenant délicatement soin de moi se développer dans mon imagination.

Elle continue de remonter. Elle nettoie mon ventre. Je sens son parfum. N°5 de Chanel.

Avec une note supplémentaire. Plus sensuelle encore… Son odeur à elle. Je m'efforce de la regarder dans les yeux.

Ses yeux croisent les miens. Elle me sourit de manière presque naïve. Je lui souris également. Moins naïvement.

Elle lave ma poitrine maintenant. En faisant très attention à gauche et à la cicatrice. Comme une caresse à droite.

Le bruit de l'eau quand elle rince le gant, à espace régulier, fait remonter la température de ma peau.

Je me concentre sur son visage. Un visage de ceux que je voudrais séduire si je le croisais quand je suis en chasse.

Je ne sais pas si je pourrais résister encore longtemps à ne pas attirer ce visage plus près.

Elle passe le gant sur mon bras droit. Le soulevant pour passer sous l'aisselle. Le baisse doucement. Et remonte jusqu'à la nuque.

C'est ensuite mon visage. Je garde les yeux fermés. Et je continue de sentir sa présence et chacun des mouvements de son corps.

Comme pour s'amuser, elle le passe plusieurs fois sur mes lèvres. Bleblebleble. Je la regarde et lui souris de la manière la plus tendre que je sache faire.

Elle fait de nouveau le tour du lit. En sens inverse. Prend mon bras gauche en le soulevant avec une délicatesse infinie pour éviter une décharge dans ma main.

Elle passe le gant avec une attention inouïe entre chacun de mes doigts. Mon imagination est dans le rouge.

Doucement, elle nettoie la peau percée par les broches. Puis avec un mouvement fluide lave tout le bras gauche.

Elle m'aide à me tourner sur mon côté droit. Je lui offre maintenant mon dos et mes fesses. La vitre de la chambre m'offre le reflet de son visage.

Elle passe de nouveau ses doigts sur les cicatrices qu'elle n'a pas pris le temps de bien observer.

Je crois que je commence à prendre plaisir à les sentir sur ma peau. Pour faire durer, je lui explique chacune des cicatrices.

Elle part du haut.

— Couteau. Combat régulier.

La pulpe de ses doigts glisse plus bas.

— Un autre couteau. Lancé.

Un peu plus bas encore.

— Sabre. Juste effleuré. Bel entrainement.

Elle remonte. Le souffle du côté lisse de ses ongles qui m'effleurent.

— Broche de barbecue. Une rencontre qui a mal tourné.

Le bout de son index redescend le long de mes côtes à droite. Il frôle à peine ma peau.

— Encore un couteau. Le même que le premier, deuxième coup.

Elle arrive maintenant sur les lombaires.

— Fouet… c'était pour le plaisir cette fois.

Je souris avec gourmandise en captant son regard dans le reflet. J'ai réussi à la troubler encore un peu plus.

La sensation du bout de ses doigts survolant ma peau continue de l'électriser. A côté de la plaie nouvelle sur mon flanc gauche.

— Cartouche de carabine. Accident de chasse.

Elle passe ensuite sur l'autre flanc en dessinant une espèce d'arabesque qui magnétise tout le bas de mon dos.

— Balle de revolver. Entrée devant, ressortie derrière.

Sa main tout entière passe légère comme une plume sur le haut de mes fesses.

— Là, barbelés. Je ne me suis pas baissée suffisamment.

Ma voix devient presque soupir. J'entends de nouveau l'eau ruisseler dans la bassine.

Mon regard ne quitte plus le sien dans la vitre. Elle lave mes épaules. Les omoplates. Entre eux également. Descend le long de ma colonne.

Elle passe le gant délicatement sur mon flanc gauche. Sur ma zone lombaire. Sur le haut de mes fesses.

Le gant encore dans l'eau. Elle le passe maintenant entre mes fesses. En appuyant juste un peu.

Elle rince le gant et le passe de nouveau entre mes fesses. En appuyant toujours ostensiblement.

Elle essuie maintenant. Toujours avec le même rituel. Je lui souris. Elle me sourit.

Elle m'aide à me remettre sur le dos. Rince le gant abondamment dans la bassine.

> — C'est étonnant que la Docteure vienne changer mes pansements sans être accompagnée d'une ou plusieurs infirmières. Ni de la responsable de service, pardon, du cadre de santé.
> — J'ai négocié. Sur mon jour de repos. J'ai dit que je te connaissais et que je voulais prendre le temps de discuter. Personne ne viendra nous déranger.
> — Tu me sembles avoir tout organisé.

Elle se contente de me sourire. Avec cet air d'être prise la main dans le pot de confiture. Elle reprend le gant de toilette. Met encore de la solution moussante.

Son regard droit dans le mien. Sa main va directement entre mes cuisses. Son expression a changé.

Mille milliards de choses. Mille milliards d'images défilent dans ma tête. Comme si ma vie repassait à toute vitesse. Sans que je puisse l'arrêter. Petite mort.

C'est peut-être ainsi que je vais mourir. Peu importe la manière. Si à la fin je meurs quand même.

Le moment présent pourrait être un de ces beaux moments à capter. Un de ceux dont je veux profiter. La mort me fait encore attendre.

Il se pourrait que j'apprenne encore quelque chose de moi.

Cela ne me complètera toujours pas. Je vais simplement continuer d'essayer de me connaître un peu plus. Jusqu'à la fin.

C'est mon nindo, ma voie du ninja. Pas un but. Pas un sens. Une manière de vivre. Une manière d'être.

Continuer sur la voie tracée par la promesse faite à Louise. Répondre à l'injonction. Me connaître moi-même.

Malgré les évolutions constantes. Courir après moi. Peut-être je finirai par m'attraper enfin.

Je serai alors complète. Me connaissant intégralement. Ainsi, je pourrai partir. Pour de bon.

Je me suis mise en position. Le tambour à la main. Je tiens la cadence malgré le poids et le nombre de coups à répéter. Je pousse mon imagination et je lui laisse le contrôle. Je fini par partir dans un nouveau voyage. Mon furet prend le pas sur mon imagination.

Comme depuis le premier voyage, la première rencontre que je fais, c'est Elle. Je vois son énergie immense, radieuse, éblouissante. Je n'ai pas à la chercher. Elle apparaît toujours à côté de mon furet. Avec ses pectoraux puissants et sa queue lui permettant de toujours rester en équilibre. Mon petit marsupial. Dany ma kangourou.

Quelques jours plus tôt, un vendredi, peu de temps après qu'elle m'ait laissée sans lui dire au revoir, elle était encore là. C'était très tôt le matin, encore la nuit. Je me suis réveillée en sursaut. L'envie impérieuse de faire un voyage. Plus brillante que jamais je la trouvais immédiatement. On aurait dit une supernova. Etoile prête à exploser. Elle est restée éclatante pendant un long moment. Me transportant vers des joies que je ne connaissais pas.

Et une tâche qui me semblait être marron est apparue à un endroit. Et a commencé à se répandre, mangeant sa lumière. Mes animaux de soin sont immédiatement apparus. Je crois que je ne suis jamais sortie aussi épuisée d'un voyage. Aussi désespérée également. Convaincue que je n'avais rien pu faire. Que j'étais toujours aussi inutile. Quand le voyage a pris fin, il restait encore quelques tâches ternes. J'ai eu l'impression qu'elle me quittait. Qu'elle me disait adieu. Je l'ai même senti me dire qu'elle avait compris ce que m'aimer signifiait.

Plusieurs fois ensuite je l'ai retrouvée. Pas complètement aussi lumineuse que d'habitude. Etrangement calme et passive. Il me semble que je l'ai vue allongée, inerte, calme. Je sais qu'elle ne sera jamais totalement en paix. Cela n'est pas sa nature. Mais elle semblait en quelques sorte apaisée. Apaisée et seule. Mon inquiétude restait forte. Je n'arrivais pas à la joindre. Son téléphone semblait éteint. Pourtant, à la voir comme cela, je me rassurais à la savoir toujours là.

Ce soir, son aura a retrouvé une puissance plus proche de celle dont elle rayonne habituellement. Les tâches ont définitivement disparu. Il me semble qu'elle va mieux. Si elle veut me raconter la prochaine fois, j'y verrais peut-être plus clair. Mon voyage peut se poursuivre. Je la laisse là et vais explorer des lieux que je ne connais pas encore. Je pars vers le haut. Des lumières, des couleurs inconnues. Des sensations déstabilisantes. A travers cette nouvelle frontière si pleine de promesses encore.

Etonnamment, la sensation que j'éprouve à chaque fois que je la retrouve dans mes voyages est une sensation que j'éprouve dans mon corps depuis une éternité. Depuis presque toujours. Une sensation qui me rassure. De celle où je me sens protégée. Comme la sensation du couteau brisant la croute épaisse d'un pain solide m'apporte un sentiment immédiat de satiété. La recherche actuelle en conclurait certainement que l'émotion véhiculée depuis des générations dans mes gènes éveille cette émotion. Une partie de mes gènes descendent plutôt d'un endroit où la satiété vient du gras plus que du blé qui fait du pain sans croute.

La sensation que j'éprouve quand je retrouve Dany n'a vraisemblablement rien à voir avec mes gènes. C'est une sensation douce, chaude et forte à la fois. Presque celle d'un abri. Où je me sens invulnérable. Je crois, à force de chercher à remonter dans le temps pour retrouver la première fois où je me suis vraiment sentie protégée, après que mon con de père nous ait larguées et que ma mère se soit démenée comme une damnée pour nous garder à flot, après cette insécurité de me sentir différente des autres, après cette après-midi où je me suis retrouvée souillée jusque dans mes os et que le monde entier était devenu un espace trop dangereux pour moi, la première fois que je l'ai ressenti, cette sensation, c'est quand je me suis évanouie, les deux mains plongées dans la cuvette des toilettes où je me vidais de mon sang.

Je n'ai jamais compris, et personne non plus, comment ma mère qui était partie pour la journée est revenue exactement à ce moment-là pour appeler les secours. Ni comment une voiture du SAMU qui rentrait d'une précédente urgence se retrouvait juste en bas de notre immeuble. Comment les quelques secondes qui me séparait de la mort ont été stoppée de manière aussi rapide. Est-ce qu'elle était déjà là ? Sans le savoir ? Ni moi non plus ?

Je ne crois pas aux histoires d'âmes sœurs. Je travaille sur chercher si le temps n'est pas aussi multidirectionnel que peut l'être la moindre route dans l'univers. La puissance que j'ai vu ce jour-là quand elle m'a fait cette promesse. Elle, cette espèce de crevette aux pattes démesurées. Elle n'avait rien auquel je puisse me raccrocher pour croire encore à un hypothétique demain qui ne soit pas aussi sombre que ceux qui venaient jusque-là. Rien. Si ce n'est son regard qui ne vacillait pas. Aucune hésitation. Aucune envie de se cacher et de regarder ailleurs. Une sensation de bienveillance, de justice. Juste ses yeux qui plongeaient directement à l'intérieur de moi.

Je crois que la puissance de sa promesse était si grande qu'elle avait pris la direction de ce moment-là où quelques secondes seulement auraient suffis à rendre ses paroles caduques avant que d'être prononcées. Maintenant que nous passons de la théorie quantique à l'expérimentation, quelques traces me permettront peut-être de consolider cette idée. En attendant, je termine mon voyage. Et j'ai un sourire débile sur les lèvres. Je suis revenue chez moi. Je sais qu'elle veille toujours.

Elle reviendra bientôt. Et encore je penserai en la voyant « ecce mulier », la voici, la combattante, la guerrière ! Tant pis pour Friedrich, je ne suis pas sûre non plus que ce que l'on voit d'elle soit ce qu'elle est réellement. L'Artha chez les Hindous, la trace qu'elle laisse, son moi externe comme je le lie avec les trois autres moi que sont le corps, l'intellect et l'esprit, le Kama, le Dharma et le Moksha. L'abandon de son moi pour le laisser à la découverte, à la connaissance des autres. C'est un peu l'anti-solipsisme, n'être, n'exister qu'à travers le regard des autres. Et c'est presque ironique de penser que c'est aussi le but, l'objectif, le sens, la cause. Elle qui n'en n'a aucun. Dans mon syncrétisme, ce n'est que ce qui reste de nos actions, de nos constructions, de nos destructions, ce qu'il en reste perçu par les autres. Je crois que je suis d'accord avec elle, cela n'a vraiment aucun sens. Et c'est Bouddha qui a fait scission. Et de nouveau des types qui en ont massacré d'autres en son nom.

La prochaine fois qu'elle viendra, peut-être acceptera-t-elle enfin que j'aille chez elle. Je ne sais pas si je pourrais en repartir. C'est elle qui a la force de repartir. Je ne suis pas sûre qu'elle ait celle de me mettre dehors si je ne repars pas de moi-même. En attendant, les heures vont continuer de s'écouler. La nuit est déjà belle. J'entends le cri d'une chouette dans le lointain. Je peux aller dormir. Nous verrons les jours qui viennent. Peu importe leurs nombres. Je sais qu'elle reviendra. Et peut-être sera-t-elle encore en train de courir après une aventure, ou comme elle le dirait, courir pour trouver une merde qui la sortira de celle où elle est.

FIN

Bande originale et autres notes musicales.

WISE BLOOD
Ecrit par : Ian Glover et Rich Machin
Interprété par : The Soulsavers
Album: Broken – 2009
Label: Cooperative Music

Parce que cette musique me parle de la mort qui est empêchée de venir.

THE SEVEN PROOF
Ecrit par : Ian Glover et Rich Machin
Interprété par : The Soulsavers
Album: Broken– 2009
Label: Cooperative Music

Parce que j'avais commencé avec ce morceau avant de simplifier. Parce que sa profonde mélancolie.

SOME MISUNDERSTANDING
Ecrit par : Gene Clark
Interprété par : The Soulsavers
Album: Broken– 2009
Label: Cooperative Music

Parce que c'est incontournable. La voix de Mark Lanegan. Et cet incroyable solo de guitare sur 7 minutes 57 secondes (par Rich Warren ?)

SEKAI NO OWARI (WORLD'S END)
Ecrit par : Yusuke Chiba, Thee Michelle Gun Elephant
Interprété par : Thee Michelle Gun Elephant
Album: Cult Grass Stars – 1996
Label : Triad

Parce que tout commence par la fin du monde.
Parce que c'est pas mal pour un pogo. (Jenny aussi)

BLACK LOVE HOLE
Ecrit par : Thee Michelle Gun Elephant (?)
Interprété par : Thee Michelle Gun Elephant
Album: Sabrina Heaven – 2003
Label : Island

Parce que Wow !

DANNY GO
Ecrit par : Yusuke Chiba, Thee Michelle Gun Elephant
Interprété par : Thee Michelle Gun Elephant
Album: Gear Blues – 1998
Label : Triad

Parce que Dany y va carrément.

Et j'ajouterai bien toute la discographie de TMGE, 9 albums studio, 2 albums live, je laisse même passer le premier plutôt rockabilly.
Ils sont allés au bout et ont tout donné. Avant de redémarrer d'autres choses pas mal non plus. Qui s'est arrêté plus tôt pour Futoshi Abe.

DIRT
Ecrit par : Iggy Pop, Ron Asheton, Scott Asheton, Dave Alexander
Interprété par : TheStooges
Album: Fun House – 1970
Label : Elektra Records

Parce que c'est la chanson la plus érotique, sexuelle que j'ai pu entendre. Le cœur qui bat la chamade, la porte qui se ferme, les pas sur le parquet et le feu est mis. Parce que c'est encore mieux quand c'est sale.

I WANNA BE YOUR DOG
Ecrit par : Ronald Asheton, David Alexander, Scott Asheton, James Osterberg
Interprété par : The Stooges
Album: The Stooges – 1969
Label: Elektra

Pour vraiment pogoter.

NO SHIT
Ecrit par : Iggy Pop
Interprété par : Iggy Pop
Album: Avenue B – 1999
Label : Virgin America

Parce que ce sera l'exergue du Candide.
Parce qu'Iggy parle beaucoup, lui qui dit qu'une chanson punk ne doit pas faire de blabla. A 50 ans, c'est bien de parler.

SPACE ODDITY
Ecrit par : David Bowie
Interprété par : David Bowie
Album: Space Oddity – 1969
Label : Parlophone

Parce que vu de l'espace, il n'y a rien que l'on puisse faire pour cette planète.
Parce que C.R.A.Z.Z.Y.

HEROES
Ecrit par : Brian Eno, David Bowie
Interprété par : David Bowie
Album: Heroes – 1977
Label : RCA Records

Parce que nous voulons tous, pour une journée, être les héros du conte de fée. Le prince pour Dany. La princesse pour Dany.

ROMEO HAD JULIET
Ecrit par : Lou Reed
Interprété par : Lou Reed
Album: New-York – 1989
Label : Site Records

Parce que tout finira par vaciller et disparaître.
Parce que l'amour, qu'est-ce que c'est ?

VICIOUS
Ecrit par : Lou Reed
Interprété par : Lou Reed
Album: Transformer – 1972
Label : RCA Records

Parce qu'elle me colle à la peau depuis toute petite.
Parce que Sid.

KICK OUT THE JAMS
Ecrit par : MC5
Interprété par : MC5
Album: Kick out the jams – 1969
Label : Elektra Records

Parce que j'ai fait des recherches…

HELTER SKELTER
Ecrit par : John Lennon / Paul McCartney
Interprété par : The Beatles
Album: The Beatles (White album) – 1968
Label : Site Records

Parce que les Beatles y font du bruit.
Parce que c'est mon titre Kärcher contre toute musique trop collante,
genre pourrie qui tourne en boucle dans la tête.

PAS ASSEZ DE TOI
Ecrit par : Antoine Chao / Jacques
Clayeux / Jose-Manuel Chao /
Olivier Dahan / Philippe Teboul /
Santiago Casariego / Thomas
Arroyos / Thomas Darnal / Daniel
Leopold Josep Jamet
Interprété par : Mano Negra
Album: Puta's Fever – 1989
Label : RCA Records

Parce que aussi envie de m'foutre
en l'air, ... de tout foutre en l'air.
Topissime en pogo.

OVERKILL
Ecrit par : Ian Kilmister, Eddie
Clarke et Phil Taylor
Interprété par : Motörhead
Album: Overkill – 1979
Label : Bronze Records

Parce que c'est sans raison
nécessaire.

NON, JE NE REGRETTE RIEN
Ecrit par : Charles Dumont / Michel Vaucaire
Interprété par : Edith Piaf
Album: – 1960
Label : Columbia

Parce que ni le bien, ni le mal.

QUAND JE FAIS LA CHOSE
Ecrit par : Miossec
Interprété par : Miossec
Album: L'étreinte – 2006
Label : Pias

Parce que mon Amie, mon Amour, mon Amante, ma Bienaimée.
Parce que quand je fais l'amour, je suis avec celle que j'aime.

LES AMOUREUX DES BANCS PUBLICS
Ecrit par : Georges Brassens
Interprété par : Georges Brassens
Album: ? – 1953
Label : ?

Parce que, ben voilà...

J'IRAI AU PARADIS
Ecrit par : Daniel Darc, Frédéric Lo
Interprété par : Daniel Darc
Album: Amours suprêmes – 2008
Label : Mercury

Parce que vivre en enfer
n'empêche pas d'y aller.

COMME UN BOOMERANG
Ecrit par : Serge Gainsbourg
Interprété par : Etienne Daho & Dani
Album: Daho Live – 2001
Label : EMI

Parce que Dani et non Dany Wilde.

LA CHANSON DES VIEUX AMANTS
Ecrit par : Gérard Jouannest /
Jacques Roman Brel
Interprété par : Jacques Brel
Album: Brel 1967 – 1967
Label : Disque Barclay

Parce que ne pas devenir adulte.
Parce que l'amour ça doit être
beau et tonner.

JAURES
Ecrit par : Jacques Brel
Interprété par : Jacques Brel
Album: Les Marquises – 1977
Label : Disque Barclay

Parce qu'à 9 ans ça te pète à la
gueule.
Parce qu'il n'y pas toujours besoin
de crier pour exprimer sa colère.
Parce que 1977 est l'année du
punk.

SIT DOWN. STAND UP. (SNAKES & LADDERS)
Ecrit par : Radiohead
Interprété par : Radiohead
Album: Hail to the thief – 2003
Label : Parlophone

Parce que c'est idéal pour décoller
et fuir dans les confins infinis de
l'espace.
Parce que ce titre est suivi de Sail
to the moon.

SAIL TO THE MOON (BRUSH THE COBWEBS OUT OF THE SKY)
Ecrit par : Radiohead
Interprété par : Radiohead
Album: Hail to the thief – 2003
Label : Parlophone

Parce que la redescente est douce
et que la terre est au ralenti.
Parce ce titre est précédé de Sit
Down. Stand Up.

HURRICANE LAUGHTER
Ecrit par : Fontaines D.C.
Interprété par : Fontaines D.C.
Album: Dogrel– 2019
Label : PKTF

Parce qu'il ne faut pas chercher de connexion là où il n'y en pas.

BIG
Ecrit par : Fontaines D.C.
Interprété par : Fontaines D.C.
Album: Dogrel– 2019
Label : PKTF

Parce que si je suis petite, Dany est (très) grande.

THE LETTER
Ecrit par : Chris Frayne / Leroy Preston / Ray Benson
Interprété par : PJ Harvey
Album: Uh Huh Her – 2004
Label : Island Records

Parce que qui écrit encore au stylo ?

SHAME
Ecrit par : Polly Jean Harvey
Interprété par : PJ Harvey
Album: Uh Huh Her – 2004
Label : Island Records

Parce que Dany n'a aucune honte. Parce qu'elle n'a pas d'ombre à ses amours.

LA MAISON OU J'AI GRANDI
Ecrit par : Adriano Celentano / Edmond Bacri / Luciano Beretta / Mariano Detto / Michele Del Prete / Eddy Marnai (version française)
Interprété par : Françoise Hardy
Album: La maison où j'ai grandi – 1966
Label : Disque Vogue

*Parce qu'il est difficile de faire plus mélancolique.
Parce que tout le monde devrait en avoir le droit.*

FLYING ON MY OWN
Ecrit par : Jorgen Kjell Elofsson / Liz Rodrigues / Anton Felix Martensson
Interprété par : Céline Dion
Single: Flying by my own– 2019
Label : Sony-BMG

Parce que le moment guimauve.

MY HEART WILL GO ON
Ecrit par : James Horner / Will Jennings
Interprété par : Céline Dion
Album: Let's talk about love – 1997
Label : Columbia Epic

Parce que le moment criard.

DEAR ROSEMARY
Ecrit par : Foo Fighters
Interprété par : Foo Fighters
Album: Wasting light – 2011
Label : RCA Records

Parce que Dave Grohl.
Parce que ça se rapproche presque de la simplicité, presque.

RIVIERA PARADISE
Ecrit par : Stevie Ray Vaughan
Interprété par : Stevie Ray Vaughan and the Double Trouble
Album: In Step – 1989
Label : Epic Records

Parce que c'est ce qui se rapproche le plus de la sensation du jour qui se lève, cette blue note survivant à la nuit.
Parce que ce blues-là m'endort avec bonheur.

ANARCHY IN THE UK
Ecrit par : Glen Matlock / John Lydon / Paul Thomas Cook / Stephen Philip Jones
Interprété par : Sex Pistols
Album: Never Mind the Bollocks, Here's the Sex Pistols– 1977
Label : Virgin Records

Parce que ça reste un hymne.
Parce que ça reste vraiment bon.

BLITZKRIEG BOP
Ecrit par : Tommy Ramone / Dee Dee Ramone / Johnny Ramone / Joey Ramone
Interprété par : The Ramones
Album: The Ramones – 1976
Label : Rhino/Warner Records

Parce que ça reste un hymne, aussi.
Parce cet album est produit à coups de batte de baseball et ça pète.
Parce que le dress code.

NO SENSE
Ecrit par : Chan Marchall
Interprété par : Cat Power
Album: Moon Pix– 1998
Label : Matador Records

Parce que ça n'a vraiment pas de sens.

BLACK GIRLS
Ecrit par : Gordon James Gano
Interprété par : Violent Femme
Album: Hallowed Ground – 1984
Label : Slash Records

Parce que la guimbarde peut être folle.
Parce cet album est top (I hear the rain !).

DROP THE GUN
Ecrit par : 54 Nude Honeys (?)
Interprété par : 54 Nude Honeys
Album: Drop the gun – 1998
Label : Sky Dog Music

Parce que quel son !
Parce qu'en 2 minutes tu as visité un nouvel univers.
Parce qu'à la fin, il faut déposer les armes.